MARIANNE ACH

DER ATEM DEINES LANDES

1. Auflage 2021

94234 Viechtach Bahnhofsplatz 2a
www.lichtung-verlag.de

Umschlagfoto: Marianne Ach
Autorenfoto: Sophia Aujezdsky
Foto auf Seite 135: Gerhard Ach

Druck: CPI buchbücher.de GmbH, Birkach
ISBN 978-3-941306-39-4

Marianne Ach

Der Atem deines Landes

edition lichtung

Für Alekos und seinen Bruder

Ich bin, was ich erfinde.
Federico Fellini (1920–1993)

Manchmal, sogar nachts,
fordert mich die Nachtigall auf,
wieder Ja zu sagen.
Jannis Ritsos (1909–1990)

Erster Sturmtag
Regenwände

Der Regen kam plötzlich und löschte alles aus, was sich ihm entgegenstemmte: das Sommergeschrei, die leichtsinnig dahingesprochenen Worte, den trägen Wellengang des Meeres, das lustvolle Treiben derer, die nicht an morgen denken wollten.

Spiros, stolzer Besitzer einer Wohnanlage, steht ratlos vor seiner Türe: Meine Gäste werden in ihren Appartements bleiben müssen, denkt er. Er macht eine müde Bewegung Richtung Meer. Die Unwetterwarnung hatte er fast gleichgültig hingenommen.

Ti na kanume? Was kann man machen? Wer hat schon ein Anrecht auf dauerhaft schönes Wetter? Es ist mitunter herrisch und unberechenbar.

Seit Stunden regnet es in Strömen. Die Wellen überschlagen sich mit blindem Eifer, Tiere verstummen. Pflanzen knicken ein. Himmel und Erde gehen ineinander über. Es gibt kein Oben und Unten mehr, keine Klarheit, keine Linie, keinen Halt.

Fischer waren mit oder ohne Beute an die Küste zurückgefahren, Schwimmer hatten eilig das Meer verlassen. Ein starker Wind setzte ein, brachte alles zum Wanken, was nicht fest verankert oder verwurzelt war.

Fußgänger flüchteten in ihre Häuser, Autos kamen nur langsam vorwärts, Äste brachen ab, fielen auf die Straße. Der Himmel ist von einem trostlosen Grau.

Die melancholische Eleni schließt Türen und Fenster, wärmt sich am Kamin und denkt an bessere Zeiten. Sie ist schwerhörig, besitzt viel und doch wenig, bewohnt ein Häuschen mit einem großen Garten. In dem sauber gekehrten Hof stehen ein alter Kühlschrank und eine verrostete Waschmaschine. Auf dem Kamin im Wohnzimmer sind vergilbte Fotos – Ahnen und Urahnen dicht aneinandergereiht, mit denen sie spricht, wenn ihr keiner zuhört und wenn das Herz überläuft.

Die ganz Alten sitzen im Kafenion, spielen unablässig mit ihrem Komboloi und lästern über die Jugend, die sich nicht mehr zu benehmen weiß. Sie debattieren auf hitzige, teils unüberlegte Art über den Verfall der Sitten, trinken ein Gläschen Wein nach dem anderen, resignieren wortreich und mit banalen Wiederholungen.

Die Geschiedene am Ortsrand, die immer noch nicht auf Männer verzichten kann, hat sich einen Liebhaber ins Bett geholt, mit dem sie sich Spiele ausdenkt, die selbst sie als unanständig bezeichnet.

Alleinstehende Frauen beklagen ihren Zustand, der ihnen nichts gelassen hat außer Langeweile und Verdruss.

Neben der Wohnanlage von Spiros wohnt ein Verrückter, der jeden Abend mit seiner Faust auf den Stumpf einer Palme einschlägt, die Musik so laut aufdreht, dass die Fischer sich gestört fühlen und ihn beschimpfen. Manchmal tanzt er.

Wenn es tagelang regnet und stürmt, starrt jeder den Himmel an, erinnert sich an Kindergebete, die mit „Lieber Gott" beginnen, lässt keinen Zweifel daran, dass dieser Gott tatsächlich helfen kann, um mit einer einzigen sanften oder zornigen Bewegung den Horizont leerzufegen.

Auch heute sieht Spiros seine Frau über das Meer näher kommen. Die Erscheinung dauert nur Sekunden. Sie ist hauchdünn, aber glasklar.

Darüber zu reden ist gefährlich. Es könnte der Eindruck entstehen, dass ich mein Leben nicht mehr im Griff habe.

Irene, die Strandgutsammlerin – keine Muschel war ihr zu klein, keine Wurzel zu unscheinbar, kein Stein wertlos. Auf unseren Fensterbrettern standen Gläser voll mit all dem, was ihr Herz erfreute. Sie malte Steine an und sagte: Alles muss ein Gesicht haben, durch mich einen Hauch von Leben bekommen.

Kannst du nicht damit aufhören?, fragte ich sie manchmal.

Solange die Welt besteht, nein.

Die Welt besteht weiter, auch ohne meine Frau. Sie ist seit drei Jahren tot.

Irene war ein wunderbarer Mensch, sagt er zu jedem, der es hören will. Und für diesen einen Moment füllen sich seine Augen mit Tränen.

Was ist schon wirklich vorbei?

Sie konnte geduldig den Wellengang betrachten oder dem Flug einer Möwe folgen. Vielleicht war es Heimweh, diese Art von Heimweh, das wir alle in uns tragen, wonach auch immer und wie auch immer.

Irene war anders als andere Frauen, inkonsequent, verträumt und zugleich realistisch. Sie hatte Tage, an denen sie stundenlang kochte, dann wieder stundenlang las. Und wenn sie ein Gedicht fand, das ihr besonders gefiel, sagte sie: Ein Gedicht macht keine Umwege. Es ist direkt und schmerzhaft. Ein Roman dagegen zieht sich in die Länge und Breite, da geht einiges verloren. Sie wollte auch griechische Gedichte lesen, legte sie resigniert zur Seite: zu schwer für mich, Metaphern, die ich nicht verstehe. Fand dann doch einen Satz, der sie berührte. Sie schrieb die Zeile ab, legte den Zettel in ihre Schublade.

Kann ich ihn lesen?

Das ist nur für mich, sagte sie zornig.

Wenn ihr danach war, lud sie die ganze Verwandtschaft ein, auch Nachbarn, sogar Fremde, die zufällig am Strand entlanggingen, oder jene, die aus irgendwelchen Gründen allein lebten und sich einsam fühlten.

Die Stühle müssen besetzt sein, sagte sie, kein leerer Platz, das sieht nach Geiz aus. Sie kochte deutsche oder griechische Gerichte. Je nach Lust und Laune. Im Allgemeinen war sie schnell und praktisch, konzentriert und heiter.

Spiros geht ans Fenster und schaut hinaus.

Das Meer tobt, wirft rücksichtslos alles an Land, was es auf Dauer nicht duldet. Bäume wehren sich gegen die Kraft des Windes, bewahren nicht immer ihre Standhaftigkeit. Äste knacken. Blätter fallen schwer vor Regen zu Boden.

Das Seegras, an die Küste geschwemmt, wird in kurzer Zeit seine Farbe verlieren. Es ist nutzlos geworden, während es sonst im Meer einen Brutplatz für Fische bildet.

Eine Katze miaut. Er öffnet ihr die Türe: Komm rein, sagt Spiros, zu zweit ist es leichter.

Die Katze verkriecht sich unter einem rostigen Blechdach, sieht ihn fast mitleidig an.

Ich weiß, du kannst besser für dich sorgen als ich.

Seit Irene nicht mehr da ist, kommen die Katzen nur selten ins Haus, streunen herum, suchen vergeblich nach einer Hand, einer Stimme, einem Gesicht.

Die Feriengäste stehen am Fenster und warten.

Worauf warte ich?, denkt Spiros. Auf eine Frau? Auf ein neues Glück?

Er wagt nur wenige Schritte bis zur Terrasse, spürt kalte Tropfen auf seinem Gesicht und auf seiner Haut.

Sich abkühlen und beruhigen, denkt er. Was besänftigt mich schon? Die gemeinsam verbrachten Jahre? Der Trost, dass unsere Ehe nicht gescheitert war? Meine Kinder?

Irene war etwas größer als ich. Beweglicher, anspruchsvoller und mitunter von rätselhafter Trauer. Sie lebte nicht immer in der Gegenwart, ließ sich öfter dazu hinreißen, weit in die Zukunft zu denken oder in eine Vergangenheit, die etwas in sich barg, was ich verstehen wollte, aber nicht verstand.

Es gibt da eine, denkt er und zuckt zusammen. Irene hätte nichts dagegen, das weiß ich. Und trotzdem.

Spiros geht ins Haus zurück.

Das Innere wirkt eher bescheiden. Drei Räume im Erdgeschoss, eine kleine Küche, eine Dachkammer, nicht sehr groß, aber praktisch eingerichtet. An den Wänden hängen nur wenige Bilder, ohne hohen künstlerischen Wert, dafür voller Erinnerungen. Das Sofa ist abgewetzt. Die Einrichtung alt.

Irene war gegen das Wegwerfen, denkt er. Ich bin es auch.

Spiros setzt sich auf das Sofa, richtet die Kissen, sein Inneres, das immer wieder in Unordnung gerät, betrachtet die Bilder, als sähe er sie zum ersten Mal. Drucke von bekannten und unbekannten Künstlern. Zwei Aquarelle, die Irene selbst gemalt hatte, ein Siebdruck.

Bilder sind wie Melodien, sagte sie einmal zu mir.

Dann schreib sie auf.

In diesem Moment gehören sie mir nicht mehr. Ich habe sie alle in mir.

Was gehörte ihr außerdem? Ihr Innenleben. Manchmal hatte sie ihre schweigsamen Phasen und wirkte auf mich wie eine Wand ohne Durchbruch.

Der Abstand zu ihr wächst. Irgendwann werde ich nicht mehr wissen, wie sie aussah, werde ich den Ton ihrer Stimme vergessen haben, ihren Geruch, ihren tänzelnden Schritt, all das, was sie ausgemacht hat, was nur zu ihr gehörte.

Irene hatte schon öfter Sturmtage erlebt. Sie ging immer wieder ins Freie, ließ sich vom Regen durchpeitschen, das Kleid klebte an ihrem Körper, die Haare waren zerzaust. Ihr Blick voller Seligkeit und Weltvergessenheit. Sie sah belustigt dabei zu, wie die Wellen die Grenze zum Garten überschritten, ließ sich die Füße lecken und sagte: Halt, jetzt ist es genug.

Die Wellen schwappten trotzdem über unsere Terrasse, kamen spürbar näher.

Der Himmel und das Meer lassen sich nicht dirigieren, nicht einengen. Sie lassen sich nicht auf menschliche Befehle herab, auch nicht auf göttliche. Sie tun, was ihnen beliebt, sagte ich zu ihr und umarmte sie.

Seit Stunden ist kein Fischerboot, kein Segelschiff, kein Frachter mehr zu sehen. Das Meer ist leergeräumt, der Himmel voller Zorn.

Die Zeit der Götter, sagte Irene, wenn die Wellen höher schlugen und der Wind stärker wurde. Ich antwortete ihr: Die Zeit der Dämonen.

Am Rand des Horizonts ist etwas sichtbar, ergänzte sie, was man nur an solchen Tagen erleben kann, ein Sprung in der Entwicklung, ein Darüberhinaus.

Nach jedem Sturm schüttelten sich Sträucher und Bäume und vergaßen. Irene konnte nicht vergessen. Regen und Sturm werfen meine Vergangenheit schonungslos vor meine Füße, sagte sie, es ist schwer, sie wegzuräumen, einzuebnen, den Schaden zu begrenzen.

Die Hügelkette am Horizont ist kaum mehr zu sehen. Noch vor einigen Stunden liefen die Gäste unruhig durch den Garten, redeten dummes Zeug, deuteten etwas, was nicht zu deuten war, wollten den Beginn eines grandiosen Schauspiels miterleben, das Unwetter herannahen sehen, mit offenen Augen und einer geradezu unverschämten Freude an der drohenden Gefahr.

Vier Appartements sind belegt. Sechs Gäste, angenehm und mit geringen Ansprüchen.

Simone ist meine zweite große Liebe. Mit ihr habe ich ein Verhältnis angefangen. Es war an der Zeit, Irene endgültig zu verabschieden, ihr keinen Raum mehr zu lassen in meinem Leben. Sie behauptete sich, tauchte immer dann auf, wenn ich mit Simone im Bett lag.

Ich hatte Bedenken. Es ist noch zu früh, dachte ich dann. Irene ist nicht ersetzbar, auch wenn es mitunter so aussieht.

Simone drängte nicht, sie wartete. Kam einmal im Jahr, dann zweimal, erzählte von ihren Problemen, den Kindern, ihren Brüdern, den kranken Eltern, ging dabei immer häufiger ins Detail. Manches ermüdete mich.

Spiros hatte die Gäste rechtzeitig gewarnt. Gehen Sie in Ihre Appartements, bevor Sie völlig durchnässt werden!

Vielleicht kommt das Unwetter gar nicht, hatte Frau Langer geantwortet, die seit drei Wochen ihren Urlaub in diesem unbedeutenden Dorf verbrachte, sich exzentrisch gab und alle spüren ließ, dass sie etwas Besonderes war.

Alles wird ausgelöscht, dachte Frau Gernot, lief rasch zum Haus, die anderen folgten. Nur das Kind Melanie zögerte noch, wurde vom Vater rasch an der Hand genommen, bevor es zu schütten begann. Christian, der Einzelgänger, ging mit seinem Fotoapparat durch den Garten, um den Anfang einer Verwüstung zu dokumentieren und sein Inneres neu zu ordnen.

Simone war längst verschwunden. Sie wusste aus Erfahrung, dass es klug war, sich rasch ins Trockene zu bringen.

Schließen Sie die Türen und Fenster!, rief ihnen Spiros noch hinterher.

Der Wind hat seine Stimme schon Gott weiß wohin getragen.

Das Unwetter begann zu toben. Die Gäste saßen ratlos auf fremden Stühlen und durchgelegenen Matratzen. Oder sie gingen auf und ab und warteten auf das Vergehen der Zeit.

Das kann nicht lange dauern, dachten sie und meinten: Es darf nicht lange dauern. Wir sind im Urlaub und haben ein Anrecht auf schönes Wetter und sonnige Tage.

Sie täuschten sich, wie sie sich auch über manches andere im Leben getäuscht hatten.

Die Sehnsucht nach der Fremde fing bei mir schon an, als ich kurz vor dem Abitur stand. Ein schleichender Prozess, der nicht mehr aufzuhalten war. Meine Gedanken veränderten sich, auch meine Art zu gehen und mich auszudrücken. Mein Blick war in die Ferne gerichtet, meine

Bewegungen ausladend und frei. Ich sagte plötzlich Worte, die ich sonst nicht benutzte. Sie umkreisten mich wie Stechmücken, die keine Ruhe geben, die in unbewachten Momenten zubeißen und ein unangenehmes Jucken auf der Haut hinterlassen.

Die Sehnsucht wurde größer.

Ich muss mich entscheiden.

Veränderungen im eigenen Inneren, die immer mehr nach außen drängen, verraten uns, bevor wir selber davon wissen, dachte er, ohne sich darüber zu wundern.

Jahre vorher träumte ich von einer Liebe, die ich noch gar nicht kannte.

Die echte Liebe wirft einen langen Schatten, umgarnt dich, hüllt dich ein, dachte ich und nahm heimlich Deutschunterricht.

Ich werde fortgehen, sagte ich an einem Abend zu meinem Vater, als die Olivenernte noch nicht begonnen hatte.

Ich will nach Deutschland.

Jetzt war es gesagt, das Wort, das einen metallenen, eigenwilligen Klang hatte.

Nach Deutschland, wiederholte die Mutter und weinte.

Nach Deutschland, schrie der Vater und schlug mit der Faust auf den Tisch, dass die Gläser klirrten.

Besseres ist dir nicht eingefallen? Eine geradezu lächerliche Idee. Und die Sprache?

Ich habe schon damit angefangen, sie zu lernen.

Heimlich? Du bist nicht mehr mein Sohn. Und wir – er deutete dabei auf sich und die Mutter – sind nicht mehr deine Eltern.

Ihr seid selbstständig genug.

Und Freunde?

Die gibt es überall.

Und was willst du dort?

Studieren.

Und deine Zukunft?

Groß und unbestimmt.
Vater sah mich fast feindselig an. Mutter schwieg.
Ich komme wieder zurück. Das verspreche ich euch.
Mit einer Fremden?
Vielleicht sogar mit einer Ehefrau.
Untersteh dich! Du machst einen gewaltigen Fehler.
Ich will meine Fehler ohne die Unterstützung anderer machen.

Als ich ging, war der Himmel blau, unser Haus stumm. Im Garten wuchs das Gemüse, reiften die Früchte. Mutter schluchzte, packte ein, was ich dort, wie sie sagte, brauchen würde. Sie drückte mir beim Abschied verzweifelt die Hand, umarmte mich wie einen, der auf Dauer verloren ist.

Vater sah verschämt zur Seite.

Komm wieder zurück! Wir werden älter.

In Deutschland gab es nicht nur einen Anfang, sondern gleich mehrere: zaghaft, feige, vielversprechend und voller Wahnsinn.

Mein erster Freund war Tom, zuverlässig, verrückt nach Frauen, immer einen lockeren Trinkspruch auf den Lippen.

Es gibt Frauen, sagte er zu mir, die eine klare Struktur haben, und andere mit vielen Geheimnissen, denen du nicht auf die Spur kommst, auch wenn du öfter mit ihnen geschlafen hast. Was bevorzugst du?

Beides.

Dann wirst du scheitern.

Ich musste mich erst eingewöhnen. Die Stadt kennenlernen, ihre Eigenheiten, ihre Hektik, ihren Verdruss und ihre Dunkelheit.

Ich wohnte in einem Haus mit fünf Stockwerken, das einen klapprigen Aufzug hatte und in dem ein träger Hausmeister nachlässig seine Pflichten erfüllte. Manchmal umgab mich eine Totenstille, als würden die Mitbewohner nicht wirklich leben, sondern wie Schatten an mir vorbeihuschen. Wenn ein Kind weinte oder die Treppen lärmend hinauf- und hinunterlief, fühlte ich mich heimisch. Und wenn ein Fest gefeiert wurde, laute Musik durch die Wände drang, versuchte ich ein paar Tanzschritte und bekam Heimweh. Wie oft haben wir zu Hause Feste gefeiert mit der ganzen Sippschaft, mit Nachbarn, Freunden, Arbeitskollegen des Vaters! Wir haben getrunken, gelacht, Schwüre ausgesprochen, die nicht einzuhalten waren. In uns war der Leichtsinn mehrerer Generationen.

Ich begann zu studieren, merkte sehr bald, dass mein Deutsch dafür nicht ausreichte, nahm zusätzlich Sprachunterricht. Schlief zum Teil nur fünf Stunden. Fand Kommilitonen, die ähnliche Schwierigkeiten hatten wie ich. Wir bearbeiteten die Vorlesungen gemeinsam, hatten hochtrabende Pläne. Am Abend gönnten wir uns gezügelte Ausschweifungen, wie es Mark immer nannte, machten unanständige Witze, waren voller trügerischer Illusionen, ohne die kaum einer existieren kann.

Ich gewöhnte mich an die vielen Baustellen, an überfüllte Verkehrsmittel, an Menschen, die einander nicht kannten und auch nicht grüßten, an Flüchtigkeit und Hektik, an Professoren, die unfähig oder geistig abgehoben waren, Kommilitonen, die sich durch alles durchmogelten. Immer wieder war ich nahe daran aufzugeben, zurückzukehren und Olivenbauer zu werden.

Meine Eltern waren gekränkt. Schwiegen meist ins Telefon, erpressten mich mit Versprechungen, von denen ich wusste, dass sie nicht einzuhalten waren, wollten mich enterben, wenn ich nicht bald zurückkäme. Was besaßen wir schon? Olivenhaine, ein altes Haus. Einen Garten. Ein Grundstück. Gespartes.

Meine erste Freundin lernte ich in einem Fahrstuhl kennen, der kurz stecken geblieben war. Dort riecht es anders, werden Gedanken in die Enge getrieben, sind die Bewegungen maßvoll und kontrolliert, möchte jeder fliehen, durch die Wand gehen.

Sie lachte plötzlich, sagte: Ich habe meinem Freund gekündigt.

Gekündigt, wiederholte ich staunend. Geht das auch?

Bei mir schon. Bei mir geht alles.

Dann umarmten wir uns, als hätte einer das Kommando dazu gegeben.

Parterre, sagte sie fast schroff, als sich der Aufzug wieder in Bewegung gesetzt und sich die Türe geöffnet hatte.

Wir müssen aussteigen. Gehst du mit mir in ein Café, damit ich dir aus meinem Leben erzählen kann?

Wenn du langsam und deutlich sprichst, ja.

Du kannst auch einer Liebe kündigen, sagte sie, als wir Platz genommen hatten, einer Liebe, die aus Versehen zustande gekommen ist.

Sie lachte viel und ohne jeden Grund, hatte ein paar Sommersprossen auf der Nase und zuckte mit einem Augenlid.

Während ich einen Kaffee trank, diese mir noch unbekannte Frau beobachtete, dachte ich an den Grundsatz meiner Mutter: nicht gleich und nicht alles auf einmal. Ich wusste, was sie meinte. Diszipliniert wie sie selber war, erwartete sie das auch von anderen.

Ich wollte gleich wissen, wie sich eine Deutsche anfühlt, und ich wollte alles. Wir gingen in ihr winziges Appartement. Sie lachte, während sie mich auszog und fast grob über meine Haut strich.

Du siehst irgendwie anders aus, sagte sie und streichelte meine Wangen. Ließ sich kaum Zeit für das, was länger dauern sollte. Sie hatte etwas Unbeständiges, Flüchtiges.

Was morgen ist, geht mich heute noch nichts an.

Aber mich. Ich will studieren, hier arbeiten, und wenn alles gut verläuft, auch eine Frau fürs Leben finden.

Wir sahen uns einmal in der Woche. Vielleicht wäre eine Beziehung daraus geworden, wenn sie das Leben ernster genommen hätte. Unsere Liebe war eine zufällige, austauschbare, schon verbraucht, bevor sie richtig angefangen hatte.

Ich blieb weiterhin auf der Suche, ging am Abend in Bars oder Diskotheken, sah mir die Frauen genauer an.

Vermutlich hatte mir eine von den Fürwitzigen etwas in mein Glas geschüttet. Ich wurde müde, verlor die Kontrolle über mich, ließ mich wegzerren wie eine Marionette, wurde hellwach, als eine junge, hübsche Frau mich auszog, herausfordernd über meinen Körper strich, mich küsste, die Lust in mir weckte. Wir waren unersättlich, dumm und anständig.

Und wenn es ein Junge wird?

Nein, kein Kind, jetzt nicht. Der Gedanke macht mir Angst. Ich war von einer Sekunde zur anderen hellwach, ernüchtert, stieß sie fast derb zur Seite, was sonst nicht meine Art war.

Wie konntest du?

Du wolltest.

Ich wollte?

Wir zogen zusammen, obwohl ich wusste, dass es ein Fehler war. Lange hielten wir nicht durch. Zwei Monate mit viel Streit, höchst unterschiedlichen Ansichten und einer Oberflächlichkeit, für die ich nicht geschaffen war. Das Wort Liebe haben wir nicht in den Mund genommen. Es wäre vermessen gewesen. Wir waren dafür zu jung oder schon zu alt. Welche Maßstäbe gibt es für wahre, echte Liebe? Damals hätte ich das nicht beantworten können.

Wir trennten uns und hörten nicht mehr voneinander.

Bei einem Straßenorchester habe ich Irene zum ersten Mal getroffen. Ein Zufall?

Vielleicht, sagte sie, hakte sich bei mir unter und ging mit mir ganz selbstverständlich die Fußgängerzone entlang.

Der Himmel will etwas von uns, sagte sie. Ein Satz, den ich bis heute nicht verstehe.

Was uns letztlich zusammengeführt hat, war ein Tanzabend in einem der eher unscheinbaren Tanzlokale. Dort waren vorwiegend ältere Herrschaften, die sich noch einmal bewiesen, was sie konnten.

Ich bin kein guter Tänzer. Mitunter fehlt mir die Ursprünglichkeit, die Leidenschaft, dieses Spontane, Extrovertierte. Bei mir ist vieles gewollt. Das hat mir Irene später oft vorgeworfen: Du willst alles im Voraus festlegen, das Leben lässt sich nicht planen.

Sie hat recht gehabt.

Wir mieteten uns eine Zweizimmerwohnung unter dem Dach.

Damit du dem Himmel näher bist, sagte sie.

Und du?

Ich möchte dem Meer näher sein. Aber das kommt später.

Woher willst du das wissen?

Das sagt mir mein Instinkt.

Ich hatte mich schnell an sie gewöhnt, an ihre leise, melodische Stimme, ihre leichten Schritte, die immer wie Tanzschritte wirkten, an ihre Auffassung von der Welt und den Menschen, manchmal gemäßigt, mitunter aber auch maßlos und ungerecht.

Irene steckte voller Geheimnisse, schon wie sie aus dem Fenster sah, ein Bild betrachtete oder ein Buch las, konzentriert und abwesend zugleich. Sie war unruhig und herzlich, versessen auf Details, abenteuerlustig und verletzlich. Ein Wort genügte und sie schwieg stundenlang. Da half kein Geschenk, kein gutes Zureden, da half nur das Abwarten. Ich erinnere mich an eine Lappalie, die zu einem heftigen Streit ausgeartet war.

Ich hatte sie gerügt, dass das Geschirr nicht aufgeräumt, die Wäsche immer noch nicht gebügelt war.

Irene sprach drei Tage kein Wort mehr mit mir, stellte das Essen stumm auf den Tisch, schlief im Wohnzimmer, ging tagsüber eigene Wege. Ich ließ sie, war versucht, das Ganze für eine Laune zu halten. Es war mehr und ging tiefer.

Was war dein erstes einschneidendes Erlebnis?, fragte sie mich, als sich unsere Beziehung wieder normalisiert hatte.

Als eine Amsel tot vor meine Füße fiel. Ich habe sie mit meiner Vogelschleuder vom Baum geholt. Macht über das Leben zu gewinnen war in jungen Jahren ein wunderbares Gefühl für mich. Heute schäme ich mich dafür. Und bei dir?

Erzähl mir erst von deinem Dorf! Ich möchte alles wissen.

Es gibt dort nur eine Hauptstraße, eine Ampel, ein schmales Trottoir, alte und neue Häuser, Ruinen, zwei Tavernen, eine Bar und Wege, die direkt zum Meer führen oder in die Olivenhaine. Bei uns ist alles überschaubar, begrenzt, manches harmlos, einiges auch feindselig und verstörend.

Und die Menschen?

Wie anderswo auch. Von einigen nimmst du Abstand, weil du weißt, dass sie unzuverlässig sind. Wenigen vertraust du, weil sie dich noch nie enttäuscht haben.

Warum bist du nicht geblieben?

Ich wollte mehr und etwas anderes. Ist es bei dir nicht genauso? Erzähl mir von dem, was ich noch nicht weiß.

Manches steht noch aus. Vielleicht bleibt das auch so. Seit zwei Jahren, das weißt du ja, arbeite ich in einem Reisebüro, sagte sie.

Und vorher?

An der Rezeption eines Hotels, dann in einem Kindergarten, bis etwas geschah, was sich nicht zur Seite schieben lässt.

Und was?

Du wirst dich daran gewöhnen müssen, dass ich dir nicht auf alles eine Antwort geben kann und will. Und was studierst du genau?

Maschinenbau.

Was soll ich mir darunter vorstellen?

Nicht so wichtig. Wichtig ist, dass wir uns näher kennen und lieben lernen. Du musst nicht wissen, wie Maschinenteile zueinandergehören. Das Material ist tot. Ich zögerte kurz, ergänzte: Manchmal ist auch eine Maschine lebendig. Das kann ich dir nicht genauer erklären.

Musst du auch nicht.

Ansonsten nüchterne Formeln, Lösungsversuche für viel zu schwere Aufgaben. Professoren, die entweder unfähig sind, anderen etwas beizubringen, oder die uns mit ihren Inhalten sinnlos vorantreiben, Kommilitonen, die sich für alles interessieren, nur nicht für das Studium.

Ich kniff sie übermütig in den Arm. Sie lachte.

Wie viele Frauen hast du vor mir gehabt?

Ein Verhör?

Nein, ich möchte einen Überblick.

Du meinst einen Neuanfang?, fragte ich nach.

Den gibt es nicht. Es gibt immer nur Fortsetzungen oder Lebensabschnitte, wenn du so willst. Es werden lediglich neue Seiten aufgeschlagen wie bei einem Buch.

Wer hat dir denn diese Weisheit beigebracht?

Meine Großmutter.

Lebt sie noch?

Leider nicht mehr. Sie hatte das, was manche Klugheit und inneren Reichtum nennen. Das ist selten. Sie hat Sterbebilder gesammelt. Ist das nicht eigenartig?

Dann wiederholte sie: Wie viele Frauen waren es vor mir?

Höchstens drei. Von einigen trennst du dich wieder, weil zwei Leben nicht zusammenpassen wollen. Und bei dir?

Einen Liebhaber, der mich ins Unglück getrieben hat.

Am Unglück bist du immer auch selber schuld.

Das ist nicht unbedingt falsch.

Erste Prüfungen kamen näher. Ich war fleißig, besuchte das Repetitorium und bestand trotz allem nicht. Ich hatte Scheu davor, es Irene zu gestehen.

Sie reagierte gelassen und einsichtig.

Du bist kein Mathegenie und wirst vermutlich auch kein guter Bauingenieur werden. Vielleicht solltest du dich im nächsten Semester für einen anderen Studienzweig einschreiben. Warum willst du denn überhaupt studieren?

Mein Onkel hatte die Idee.

Nicht jeder Ratschlag bewährt sich. Du musst letztlich selber entscheiden, was du wirklich möchtest.

Das ist nichts Neues.

Flieg erst zu deinen Eltern, dann siehst du alles mit mehr Abstand.

Auch dich?

Sie gab mir keine Antwort.

Willst du mitkommen?

Das nächste Mal. Versöhn dich mit ihnen, geh durch die Olivenhaine, beobachte gleichermaßen Schatten und Licht, die Helligkeit und das Dunkel, und lass dich von der Natur anregen.

Du sprichst wie eine, die schon immer auf dem Land gelebt hat.

Ich bin beides: ein Stadtmensch und eine, die nicht ohne Bäume leben kann.

Wir verabschiedeten uns am Flughafen wie zwei Menschen, die nie getrennt waren, sich nur kurz voneinander entfernen würden. Irene verschwand in der Menge, ohne sich noch einmal umzudrehen.

Die Begrüßung war karg. Mutter sah mich lange an, umarmte mich, flüsterte mir ins Ohr: Bleib hier! Zum Leben reicht es – für dich und uns. Vater hatte diese Feindseligkeit in den Augen, die ich schon an ihm kannte. Vielleicht war es auch Misstrauen einer Welt gegenüber, die ihm fremd war.

Ich half im Garten, ging durch unseren Olivenhain, besuchte Verwandte und Freunde, merkte, dass ein Teil von mir schon anderswohin gehörte. Entweder ich komme bald zurück oder nie mehr, dachte ich und roch an einem Rosmarinstrauch, pflückte einen Zweig und wusste: Es liegt an mir und an Irene.

Wir haben dich vermisst, sagte Mutter, als sie ein Glas mit Wein eingoss, deine Kraft, in den Augen dieses unstillbare Fernweh. Ich bin oft an der Küste gestanden, um vom Horizont jemand auftauchen zu sehen, einen Mann, der über das Wasser geht.

Sie lachte.

Du hast dich verändert, Mutter.

Dein Vater redet nicht viel. Manchmal sagen die Toten mehr als die Lebenden. Du musst nur genau hinhören. Unsere Tage schleppen sich dahin. Es bleibt viel Zeit zum Nachdenken.

Wir waren beim Abendessen, als Vater stumm seinen Bauernsalat aß, plötzlich aufstand und wild gestikulierte.

Ich habe es gesehen, das Drama, das Unglück, den Sturz.

Sei still, sagte die Mutter, lass das Vergangene endlich ruhen.

Ich sehe, wie er fällt, aber er steht immer wieder auf.

Weil du es so willst.

Menschen, die du liebst, dürfen nicht sterben.

Das liegt nicht in unserer Macht.

Er sah mich lange an. Du weißt nicht, wie das ist, einen geliebten Bruder zu verlieren. Er ist mir immer noch nahe. Aber er sollte endlich gehen.

Nach zwei Wochen kam ich wieder zurück zu einer Frau, die ich liebte, die mir manchmal fremd war, dann wieder vertraut, von der ich mich nicht mehr trennen wollte.

Es gibt viele Arten, sich zu lieben, wie es auch viele Arten gibt, sich zu hassen.

Irene, das ahnte ich sehr früh, trug etwas in sich, was nicht zu ergründen war. Ich ließ sie, ließ ihr diesen Teil des Lebens, der nicht zu mir gehörte. Da erst fing zwischen uns etwas zu gedeihen an. Das Glück wurde greifbar, zum Fühlen und Tasten. Freunde beneideten uns. Wie schafft ihr das?

Manchmal ist es nur die Farbe des Himmels, die glücklich macht, antwortete Irene, und alle lachten, als wäre es eine Aussage, die nicht ernst zu nehmen war.

Unaufrichtigkeit kann zugleich höchste Aufrichtigkeit sein, ergänzte sie.

Wie meinst du das?

Jeder Mensch hat seine Geheimnisse, und ein Außenstehender sollte nicht versuchen, sie zu lüften.

Spiros blickt aus dem Fenster.

Ich war weit entfernt. Die Tage reichen nicht aus, um das eigene Leben bis in seine letzten Tiefen auszuloten.

Die hohe Palme hat weitere Blätter verloren, weil der Wind sie gewaltsam abgerissen hat.

Es regnet und stürmt immer noch. Himmel und Meer sind nicht voneinander zu unterscheiden.

Nach Medienberichten wird das Unwetter mehrere Tage andauern.

Meine Gäste werden lernen müssen, damit umzugehen.

Spiros nimmt die Zeitung in die Hand, beginnt zu lesen, liest sich wissbegierig in einen Artikel hinein, in dem ausführlich über technische Fortschritte informiert wird, stockt, als im Zimmer plötzlich das Licht ausgeht, tastet sich durch die Dunkelheit und sucht nach einer Kerze.

Wieder einmal ist der Strom ausgefallen. Vermutlich für mehrere Stunden.

Spiros zündet die Kerze an, setzt sich auf das Sofa, sieht seinen eigenen Schatten an der Wand, der unruhig hin- und herwankt. Harmlos und vertraut. Sieht auch andere Schatten, die umherirren und keinen Platz mehr finden können.

Als Irene noch lebte, mochten wir es, in der Dunkelheit zu sitzen und Worte auszusprechen, für die wir sonst nicht den Mut gehabt hätten. Seit ihrem Tod passiert es manchmal, dass mich die Dunkelheit verunsichert, mich sogar ängstigt. Geräusche verstärken sich, Worte tönen in meinen Ohren und lassen mich nicht zur Ruhe kommen. Gesichter tauchen auf, stumm und eindringlich. Das wird sich ändern müssen.

Er legt die Zeitung zur Seite.

An manchen Wochenenden mieteten wir uns ein Auto, fuhren aufs Land, probierten das gemeinsame Leben aus, das Kostbare, verführbar und wandelbar. Wir wollten beide, dass es langsam anläuft, behutsam, vorsichtig. Wir küssten und umarmten uns an Orten, wo der Himmel uns zu törichten Versprechen einlud, das Wasser sich vor Lust kräuselte, die Berge sich reckten und Täler sich in die Länge zogen, wo wir Wege fanden, die überall hinführen konnten, dorthin, wo vermutlich das Glück zu Hause war.

Es ist alles so überraschend mit dir, sagte Irene, jede Stunde, jeder Tag.

Wir wussten, dass unsere Tändeleien irgendwann zu etwas Ernsthaftem führen mussten, wollten es noch nicht aussprechen, hatten Angst, es könnte etwas zerbrechen, was noch zu wenig Stabilität besaß.

Wir begannen damit, unseren Alltag zu ordnen. Irene korrigierte mich ständig, ließ auch den kleinsten Fehler nicht durchgehen, brachte Bücher mit und sagte: Du musst dich in eine fremde Sprache nicht nur hineinhören, sondern auch hineinlesen.

Und du?

Das hat noch Zeit.

Du weißt ja, dass ich mit dem Studium nicht zufrieden bin. Ich habe schon überlegt, was ich machen könnte. Eine praktische Tätigkeit ist mir lieber. Ich bin keiner für schwierige Kopfarbeiten. Was soll ich auch mit Maschinenbau? Ich gehe längst nicht mehr regelmäßig zu den Vorlesungen.

Und wohin gehst du dann?

Dorthin, wo ich vergessen kann, was ich nicht vergessen dürfte. Ich bin auf der Suche.

Sie boxte mich in den Bauch: Mein liebenswerter Tunichtgut.

Jeden Morgen, wenn wir die Augen öffneten, freuten wir uns darüber, dass wir lebten, umarmten uns, die Wärme der Nacht steckte noch in uns, schenkte Geborgenheit.

Irene streifte mich wie zufällig am Arm, eine Liebkosung, die keiner sonst gemerkt hätte. Für das Frühstück nahmen wir uns viel Zeit. Wir waren beide keine Morgenmuffel, deuteten die Welt nach unseren Maßstäben, wollten sie gelegentlich auch verändern. Irene ging wie gewohnt ins Reisebüro.

Wenn ich zurückkomme, solltest du genauer wissen, was du möchtest. Du solltest dir tatsächlich praktische Kenntnisse aneignen. Theorien sind später kaum von Nutzen.

Gib mir drei Tage Zeit, dann weiß ich mehr als heute.

Ich ging durch die Stadt, wollte den Menschen ihre kleinen Geheimnisse entlocken, ihnen dabei zusehen, wie sie gingen, lachten, gestikulierten, wie sie sich zänkische oder friedliche Worte zuwarfen. Ich blieb lange an Baustellen stehen, staunte darüber, wie schnell ein Gebäude in die Höhe und Breite wuchs, Bauarbeiter in schwindelnder Höhe auf schmalen Brettern balancierten, unterhielt mich mit Straßenarbeitern, die über ihre Arbeit klagten und mich beneideten.

Ich betrachtete Dächer, Mauern, Türen und Fenster, setzte mich in Bars und Lokale, beobachtete das Empfangskomitee vor Hotels: stramm stehen, lächeln, warten. Ich schlich mich in Küchen von Gasthäusern, schaute in Kochtöpfe, obwohl das nicht gern gesehen war, wollte die Atmosphäre erkunden, den Chef, die Mitarbeiter. Mit einem Blick hatte ich erfasst, wo es gut zu arbeiten sein würde und wo nicht.

Was hast du gemacht?, fragte mich Irene streng, als die drei Tage vorbei waren.

Sieben Leben gelebt, außerdem das Sehen und Hören gelernt. Ich habe Mörtel an die Mauer geworfen, stand in Livree vor einem der besten Hotels. Ich habe Moussaka zubereitet, Gäste bedient. Cocktails gemixt. Es kommt fast immer auf das Detail an, auf die Gabe der Kombination, auf das Wahrnehmen von Stimmen und Geräuschen, das genaue Betrachten von Dingen oder Menschen. Auf die Fähigkeit, rasch zu reagieren, gute Miene zum bösen Spiel zu machen. Ich wollte, sagte ich unvermittelt zu Irene, mit zwölf Jahren Schiffskoch werden.

Um dir einen schwankenden Gang anzugewöhnen?

Eher, um die Welt kennenzulernen. Ich weiß zu wenig, ich kenne zu wenig, ich riskiere zu wenig. Dann wollte ich Maurer werden. Ich habe mir viel von meinem Onkel abgeschaut. Er kann alles: ein Dach decken, Fenster einbauen, Wände hochziehen, Bäume veredeln. In meinem Land brauchst du keine Lehre. Die Kinder lernen das meiste von ihren Eltern und Verwandten. Ich habe in meinem Dorf von klein auf mitgeholfen.

Und nichts vergessen?

Kaum.

Du Fantast.

Ich bin eher ein Realist. Manchmal fehlt mir das Träumerische und Spontane.

Alles hat einen Innen- und Außenraum, sagte Irene ohne jeden Zusammenhang.

Ich sah sie erstaunt an. Manchmal verstehe ich gar nicht, was du mir sagen willst.

Ist das so schlimm?

Ich küsste sie. Nein, natürlich nicht.

Eine Woche später kam ich nach Hause und sagte voll Stolz: Ich werde in der Uni-Mensa arbeiten.

Um jede Minute ein Tablett weiterzureichen, vom Geruch satt zu werden, ohne teilnehmen zu können an den klugen Gesprächen der Studenten?

Hier ticken die Uhren anders, sagte die Chefin, als ich mich vorstellte. Sie war herrisch, unberechenbar und sehr von sich eingenommen.

Und wie?, fragte ich sie.

Schneller und präziser. Lassen Sie sich von einem meiner Angestellten einführen. Haben Sie Erfahrung im Umgang mit anderen?

Ich habe in meiner Heimat …

Sie ließ mich nicht ausreden. Ich kann mich schnell auf eine neue Situation einstellen, ergänzte ich.

Geschwindigkeit ist alles, vor allem in Stoßzeiten. Woran Sie sich gewöhnen müssen, sind die verschiedenen Gerüche, der Lärm, die Schnelligkeit. Das Denken können Sie sich abgewöhnen. Studenten nehmen Sie nicht zur Kenntnis. Die haben ganz andere Dinge im Kopf.

Ich belegte Brote, portionierte Kuchen, richtete mit anderen die Speisen an, brachte benutztes Geschirr weg, füllte die Getränke auf, war höflich zu jedem. Was galt, waren Geschwindigkeit und ein gewisser Mechanismus: dieselben Fragen, dieselben Gesten, ein freundliches Gesicht, ob mir danach war oder nicht. Manchmal fing ich Wort- oder Sprachfetzen auf, die keinen Sinn ergaben.

Mit meinen Mitarbeitern tauschte ich Nichtigkeiten aus. Nur eine begnügte sich nicht mit Allgemeinplätzen, erzählte von ihren Kindern, von dem Versuch, nebenbei zu studieren.

Mein Mann ist nicht begeistert.

Mach das, was du selbst willst, riet ich ihr.

Nach der Arbeit ging ich durch das Universitätsgebäude. Ich stand häufig in der Halle, las mit Interesse die Themen der einzelnen Vorlesungen, blieb vor Räumen stehen, in denen Professoren ihre Sprechstunden abhielten, und überlegte, ob ich nicht doch ein anderes Studium beginnen sollte mit mehr Praxisbezug. Wollte ich dem Onkel damit einen Gefallen tun oder mir selbst?

Es ist wirklich nicht dasselbe, sagte ich zu Irene, als ich nach Hause kam. Es ist ein großer Unterschied, hinter oder vor der Theke zu stehen, kluge Argumente auszutauschen oder immer dieselbe Tätigkeit auszuführen. Ich bin schon gerügt worden, dass ich viel zu langsam sei, mir der Überblick fehle. Die anderen sind routiniert und schnell, erwarten das auch von mir.

Die Tage reihten sich monoton aneinander. Die Chefin mahnte, lobte selten, Kollegen wurden mir vertrauter. Mein Arbeitsrhythmus geläufiger.

Die Abhängigkeit gefällt mir nicht, sagte ich eines Abends zu Irene, als sie in der Küche das Abendessen vorbereitete. Ich will selbstständig sein.

Dazu brauchst du Kapital und eine Ausbildung.

Vielleicht sollte ich Barkeeper werden.

Irene war anzusehen, dass sie mich nicht ernst nahm. Den Getränkejongleur spielen? Schaut her, wozu ich fähig bin.

Sind wir nicht alle so?

Ich saß an manchen Abenden in einer Bar und beobachtete den Barkeeper. Er wirkte wie ein Artist, hatte die Augen überall, mixte traumwandlerisch die einzelnen Getränke, führte mit fast jedem kurze Gespräche. Die Gäste amüsierten sich, machten zum Teil einfältige Witze. Er blieb auf Distanz, wirkte weder überanstrengt noch verdrossen.

Das Stimmengewirr machte mich müde und wach zugleich, eine nie geahnte Stimmung erfasste mich, trug mich weit fort.

In der Nacht wachte ich auf, weckte Irene und sagte: Ein guter Barkeeper muss hundert Mixgetränke auswendig kennen. Wusstest du das?

Träum weiter, sagte Irene und ergänzte: Geh dorthin, wo … Sie stockte. Nein, geh dorthin, wo du wirklich hingehörst! Finde es heraus.

Sie schlief wieder ein.

Am Morgen, als wir beim Frühstück saßen und das Gespräch nicht so recht in Gang kommen wollte, sagte sie: Ich habe in der letzten Woche denen eine teure Reise angedreht, die gar nicht das Geld dazu hatten. Meist sind es ältere Ehepaare, die mich mit ihren Wünschen überfordern. Die Reise muss bequem und billig sein mit allem Luxus, den sie sich vorstellen können, am besten ein Palast am Meer. Sie sind naiv, träumen von einem anderen, besseren Leben. Ich empfehle ihnen utopische Ziele, verwende Wörter zum Kauen und Schmecken, überzeuge, mache sie allein mit der Vorstellung glücklich, dass es irgendwo auf der Welt etwas gibt, was sie nicht kennen, was ihr Innerstes berühren könnte. In mir steckt diese winzige Unmoral.

Wir haben sie alle in uns, sagte ich und umarmte sie.

Unser gemeinsames Leben wurde zur Routine, bestehend aus Langeweile und Anstrengung. Selten aus Dankbarkeit und diesem Gefühl, dass jeder Tag ein Geschenk war.

Wenn dich deine Tätigkeit nicht ausfüllt, sagte Irene streng, dann such dir etwas anderes. Was du brauchst, sind Phantasie und Willenskraft. Hast du Heimweh nach Griechenland?

Fast immer.

Und nach der Sprache?

Ich denke griechisch, ich träume griechisch.

Es kam immer seltener vor, dass wir gemeinsame Freunde besuchten oder mit ihnen ausgingen, etwas stagnierte, wollte sich nicht mehr vorwärtsbewegen.

Wir sollten ein Fest feiern mit denen, die wir fast vergessen haben, sagte ich.

Aus welchem Grund?

Es gibt immer einen Grund: das Leben, die Helligkeit, unsere verloren geglaubten Träume und Sehnsüchte.

Und wer kocht?

Du natürlich. Ich kaufe ein und dekoriere.

Wir mussten nicht lange überlegen, wen wir einladen wollten: Margret, dicklich, bodenständig, überhitzt in ihren Reaktionen. Tom, der mittlerweile die dritte Freundin hatte und immer noch so flatterhaft war wie vor Jahren, Mark, der kurz vor der Hochzeit stand. Emily, Irenes beste Freundin. Sie flirtete gern, redete viel, besaß jenen Wortwitz, um den ich sie beneidete. Anne, die Gemälde und Texte zum Thema *der weibliche Akt* sammelte.

Beim Abendessen kamen wir schnell ins Gespräch.

In jedem von uns, sagte Anne, steckt doch der Drang, sich selbst darzustellen in seiner schönsten, trügerischsten Pose. Körperwahn und Körperkult sind nicht nur ein Zeichen unserer Zeit. Das gab es immer schon.

Sie führte eine Reihe von Schriftstellern und Malern an, zitierte Sätze, die sie irgendwo gelesen hatte. Sie war zynisch und rechthaberisch, modern um der Modernität willen. Sie sich nackt vorzustellen erübrigte sich.

Margret, die Kindertherapeutin, erzählte von traumatisierten Kindern, bis Irene sagte: Genug damit!

Tom küsste und wurde geküsst, und Mark pries seine Braut als die beste Frau weit und breit.

Wir aßen, tranken, tanzten, umarmten die ganze Welt, waren wie Kinder, die nicht sehen wollten, wie das Leben wirklich war, wurden kurz aus unserem Alltag herausgehoben. Vielleicht gibt es nur ein Bewusstsein davon, was Glück sein könnte, nie das Glück selbst.

Irene war eine perfekte Gastgeberin, die scharf beobachtete, jedem ihre Aufmerksamkeit schenkte, sich manchmal in Details verlor oder in einer Thematik, die anstrengte. Sie konnte gut erzählen, Leute imitieren, war dabei theatralisch und komisch. Ihre Pointen waren geistreich und voller Witz. Wenn sie vom Reisebüro erzählte, hörte sie nicht mehr damit auf.

Meine kluge Frau, sagte ich zu ihr, als alle gegangen waren und die Wohnung noch nicht aufgeräumt war.

Nicht immer. Manche Menschen haben eine erotische Ausstrahlung, sagte sie, viele tragen ihre eigene Dummheit zur Schau, riechen nach Angst und Kümmernis, wenige nach Freude und Sorglosigkeit.

Und du?

Ich trage die Gerüche vieler Länder in mir, sagte sie. Es sind Sehnsuchtsländer, mehr nicht.

Und Griechenland?

Die Sehnsucht danach wächst. Ich liebe den Atem deines Landes.

Den Atem meines Landes, wiederholte ich, besser lässt sich die Liebe zu einem fremden Land nicht ausdrücken. Dann komm mit. So bald wie möglich.

Übermorgen. In zwei Jahren, spätestens, wenn wir Kinder haben. Was soll ich dort? Eine biedere Hausfrau spielen? Nicht mehr als ein exotisches Mitbringsel?

Mit dir lässt sich jedes Abenteuer bestehen.

Nichts lässt sich. Wenigstens vorläufig nicht.

Du wirst dich mit meiner Mutter gut verstehen.

Und wenn es nicht so sein sollte?

Dann nehmen wir Abstand. Mein Vater lässt andere grundsätzlich in Ruhe, will selbst in Ruhe gelassen werden, und Mutter ist nicht abhängig von der Zuneigung einer zukünftigen Schwiegertochter.

Und von dir?

Ja, von mir schon, aber ich bin nicht von ihr abhängig, sonst wäre ich nicht weggegangen. Sie hat nie das Festland verlassen. Meine Welt ist groß genug, sagt sie, wenn sie darauf angesprochen wird, ob sie nicht doch verreisen möchte. Mein Vater besitzt einen Olivenhain, außerdem ein kleines Häuschen am Strand, das nicht bewohnt ist. Es wird einmal mir gehören.

Uns, ergänzte Irene und kniff mich in den Arm, als sollte ich endlich begreifen, dass es ihr ernst war mit einer gemeinsamen Zukunft.

Was hältst du von einer Wohnanlage nahe am Meer? Mehrere Zimmer – einige mit einer Küchennische, praktisch und sparsam eingerichtet. Das Reisebüro ermüdet mich. Immer nur für andere das Paradies suchen, das langweilt. Ich will selber darin leben.

Jedes Mal, wenn ich mit ihr geschlafen hatte, erweckte sie den Eindruck, als müsse sie etwas in Ordnung bringen, was irgendwann in Unordnung geraten war. Ich fragte nicht, ahnte, dass vor unserem gemeinsamen Leben etwas gewesen sein musste, was sie aus dem Rhythmus gebracht, etwas in ihrem Inneren verstört hatte.

Es wird nicht leicht werden mit ihr, dachte ich dann. Aber ich war schon mittendrin, konnte und wollte mich nicht mehr befreien. Unsere gemeinsame Wohnung war kein Käfig. Sie bestand zwar aus vier Wänden, aber sie war kein Gefängnis.

Meine Mutter hatte es einmal so formuliert: Wie du dich auch entscheidest, du sitzt irgendwann fest, bist irgendwann gefangen. Aber du kannst dich immer wieder befreien. Die Wände in deinem Inneren sind nicht aus Beton. Sie sind durchlässig. Es kommt auf dich an. Nur auf dich.

Auch Regenwände sind durchlässig, denkt Spiros und blickt zuversichtlich hinaus. Sie lassen den Blick wenigstens teilweise frei.

Ich habe damals viel nachgedacht, auch gegrübelt, unternahm lange Spaziergänge durch eine Stadt, die mir immer besser gefiel. Zwischen der einen und der anderen Liebesnacht waren, so schien es mir, mehrere Jahre.

Irene war nicht einzuordnen in ein bestimmtes Schema. Sie war ordnungsliebend und fleißig, dann wieder ließ sie sich von ihren Stimmungen treiben, ließ alles liegen und stehen, lag auf dem Sofa und dachte nach.

Manchmal sah sie alt, dann wieder blutjung aus, je nachdem, wie der Tag verlaufen war, wer ihr in die Quere gekommen, sie gekränkt oder versöhnt hatte. Ob ihr etwas gelungen oder misslungen war. Mir wird ein Leben nicht ausreichen, sagte sie, um alle meine Ideen zu verwirklichen.

Zweimal in der Woche besuchte sie einen Griechisch-Kurs. Wir fingen an, kleine Dialoge zu führen. Ich war überrascht, wie schnell Irene begriff und sich auch schwierige Wörter merken konnte.

Ich liebe diese Sprache, sagte sie.

Und sonst?

Dich und …

Sie schwieg.

An einem Abend, als sie gerade ein griechisches Kinderbuch las, sagte ich zu ihr: Es gibt ein Grundstück, direkt neben dem Häuschen meiner Eltern. Es gehört einem Onkel von uns. Wir könnten ihn fragen.

Und du meinst wirklich, dass er nur auf uns gewartet hat …

Er hat noch andere Immobilien.

Und wer bezahlt?

Meine Eltern. Sie haben Erspartes, könnten ein Grundstück außerhalb des Dorfes verkaufen.

Und wenn sie nicht wollen?

Sie werden.

Du willst sie erpressen.

Ich bin der einzige Sohn. Außerdem gibt es noch eine reiche Tante, die keine Kinder hat.

Wir tranken ein zweites und drittes Glas,

Und wie erfolgreich bist du heute gewesen?

Dreimal Namibia, einmal Fuerteventura, zweimal Elba, dann der Peleponnes. Kunden, die den ganz großen Hype erleben, noch unberührte Flecken entdecken wollen, manchmal unverschämt im Ton: Nun machen Sie mal! Wenig Geld soll die Reise kosten, und sie muss sich in jedem Fall lohnen.

Die Erde dreht sich, sagte Irene, und ich drehe mich mit.

Sie erzählte mir viele Geschichten. Und ich wusste nicht immer, was sich wirklich ereignet hatte und was nur erfunden war.

Ich muss immer reden, sagte sie, sonst ersticke ich.

Woran?

Daran, dass meine Worte sich anhäufen und über mich herfallen könnten wie eine gefährliche Meute.

Dann rede weiter, fantasiere, füge das hinzu, was dir gefällt.

Es kann aber auch sein, dass mir die Worte irgendwann ausgehen und ich gänzlich verstumme.

Du? Das ist höchst unwahrscheinlich.

Es gab tatsächlich eine Zeit, in der sie nur das Nötigste von sich gab, in kurzen, fast abgehackten Sätzen auf meine Fragen antwortete, manchmal waren es nur Seufzer oder Gesten.

Bist du krank?

Vielleicht.

Möchtest du mir mitteilen, was dir fehlt?

Vermutlich sind in mir nur Trugbilder, die wenig mit der Realität zu tun haben.

Das macht mir Angst.

Muss dir aber nicht. Ich finde selber einen Ausweg.

Seit diesem Gespräch beobachtete ich Irene häufiger als sonst. Ich begann ihre Worte, ihre Gesten zu deuten, ihren Gesichtsausdruck, wollte herausfinden, was sie grämte.

Liegt es an mir?

Nein, du hast damit nichts zu tun. Du Unschuldslamm.

Manchmal, sagte sie, wirken meine nächtlichen Träume in den Tag hinein und werden zu Alpträumen.

Dann sprich darüber!

Sie schwieg.

Bei einem Wochenendausflug, als wir einen Hügel hinaufgegangen waren und danach müde auf einer Wiese lagen, sagte ich zu Irene: Ich weiß wenig von deinen Eltern. Erzähl mir mehr von ihnen!

Das Gute oder das Schlechte?

Beides – so ausführlich und wahrhaftig wie möglich.

Meine Eltern sind für mich selten ein Thema. Mein Vater war in jungen Jahren sehr unbeständig, hat oft die Stelle gewechselt. Wenn Mutter nicht zeitweilig das Geld verdient hätte, wären wir vermutlich in Armut aufgewachsen. Als ich noch nicht auf der Welt war, jobbte er als Kellner, wechselte die Stellen nach Lust und Laune. Er ist ein Mensch ohne Prinzipien, ein Frauenheld, altmodisch gekleidet. Neue Kleidung riecht nicht nach mir, sagte er häufig, und trug abgenutzte Hosen, fadenscheinige Hemden. Nur seine Haare waren immer gepflegt.

In einem Anflug von Humor sagte er manchmal: Meine Wörter haben verschiedene Farben. Die Lüge ist schwarz und undurchsichtig, das Glück rot, manchmal von einem intensiven Blau. Der Neid dunkelgrün.

Seine Worte schillern. Seine Sprache ist anschaulich. In jeder freien Minute repariert er alte Uhren, zerlegt sie in ihre Einzelteile. Ich will sie wieder zum Leben erwecken, sagt er. Ich möchte ihren Herzschlag spüren, ob langsam oder hastig. Mein Interesse gilt dem Ticken der Zeit.

Immer wieder kommt es allerdings vor, dass er sie nicht mehr zusammenfügen kann. Ein Alltagsphilosoph, der sich aus vielem herausmogelte, vor allem dann, wenn etwas anstrengend wurde. Er ist konfliktscheu und angeberisch, verschwenderisch mit Worten und Gesten.

Meine Mutter war immer wieder von ihm angetan. Sie ist es heute noch.

Nicht unbedingt ein Idealbild von Vater.

Idealbilder sind nur erdacht. Es gibt sie nicht wirklich. Die Gespräche meiner Eltern verliefen meist nach einem bestimmten Schema. Ich wusste den Verlauf, den Höhepunkt und das Ende, das langsame Verebben böser oder guter Gefühle. Mutter studierte drei Semester Meeresbiologie, hörte abrupt damit auf. Ich bin lieber auf der Erde als im Wasser, sagt sie. Sie gehört zu den Frauen, nach denen sich Männer grundsätzlich umdrehen. Dezent geschminkt, geschmackvoll gekleidet. Sie begann Modedesign zu studieren. Ihre Modelle unterschieden sich wesentlich von denen der anderen. Sie waren ausgefallen, exotisch, teuer. Stoff, Schnitt und Farbe, sagt sie, müssen miteinander harmonieren. Sie leistete sich kaum einen Stilbruch.

Ihre Angst um mich war übertrieben, fast krankhaft. Pass auf dich auf, rief sie mir jedes Mal hinterher, wenn ich auf die Straße ging, auch dann noch, als ich längst erwachsen war. Sie wollte alles festhalten: mein Lachen, Weinen, meinen Trotz, mein Wachstum. Sie war wenig begabt, mich richtig zu erziehen. Bis sie etwas entschied, war die Gegenwart längst Vergangenheit. Sie hätte mich, wenn möglich, drei Monate auf dem Sofa sitzen lassen, um das abzuwarten, was für mich schädlich hätte sein können.

Meine Mutter ist anders, sagt Spiros. Sie ließ mich gewähren, hat auch das Boshafte erlaubt, meine leichtfertigen Spiele abgetan mit den Worten: Das geht vorbei, das sind unüberlegte Kindereien. Ich habe mit meiner Vogelschleuder auf alles geschossen, was sich in der Luft bewegte, haben Eidechsen gequält, Ameisenhaufen zerstört oder unanständige Worte in den Mund genommen. Irgendwann langweilt es, wenn dich keiner in die Schranken weist. Du hörst selber damit auf. Mein Onkel war genauso. Vielleicht habe ich daran Maß genommen. Wagemutig, vorlaut, ordinär, den anderen immer einen Schritt voraus. Er wurde Matrose, war auf dem Meer zu Hause. Je stürmischer, desto lieber war es ihm.

Du bist nicht mehr so wie zu Beginn unserer Beziehung, sagte Irene und sah mich vorwurfsvoll an. Manchmal vermisse ich bei dir die Freude am Risiko, dieses Freche, auch Unanständige von einst.

Das ist nicht unbedingt wünschenswert.

Und dein Wagemut?

Ich liebe das Meer, festen Boden unter den Füßen und alles, was nach Dauer aussieht.

Das ist keine direkte Antwort.

Lassen wir es dabei.

Bei einem Fest, das in der Wohnung von Mark stattfand, lernten wir Kerstin kennen, das Plappermaul, das über alle Krankheiten Bescheid wusste, im Internet recherchierte, mit Fachausdrücken um sich warf. Uns kaum zu Wort kommen ließ. Sie lud uns ein, kochte, erzählte freimütig von ihren Männerbekanntschaften, ob sie gebunden waren oder nicht.

Ich will sowieso nicht heiraten, sagte sie, wenn wir sie vorwurfsvoll ansahen. Ich brauche Freiheit.

Sie reiste gern, hatte keine Angst vor Abenteuern. Sie war Krankenschwester, wollte irgendwann ins Ausland.

Das ist mir hier alles zu eng.

Und worauf wartest du noch?

Bis einer kommt, der mich mitnimmt.

Und alleine leben?

Nicht für mich.

Wir trafen sie nur selten in einem Café, oder wir gingen mit ihr ins Kino. Ihre Männerbekanntschaften blieben oberflächlich, die Gespräche mit ihr auch.

Freundschaften verändern sich, können plötzlich zu Ende gehen. So war es später auch mit ihr, als sie ins Ausland ging und nichts mehr von sich hören ließ.

Völlig unerwartet, als wir beide träge und untätig auf dem Sofa lagen, sagte Irene: Ich möchte mit dir nach Griechenland, um endlich deine Eltern kennenzulernen.

Erwarte dir nicht zu viel von ihnen. Es sind einfache Leute mit einfacher Lebensweise und einfachen Gedankengängen.

Das stört mich nicht. Im Gegenteil.

Brot und Wein, sagte die Mutter von Spiros, als sie Irene begrüßt und ihr in der Küche ganz selbstverständlich einen Platz angeboten hatte.

Brot und Wein, wiederholte Irene und wusste, dass sie ihre zukünftige Schwiegermutter würde lieben können. Vielleicht noch mehr als ihre eigene Mutter. Sie spürte jene Aufrichtigkeit, die sie bei vielen Menschen vermisste, das Schlichte und doch Wesentliche. Kein Überschwang an Gefühlen, aber auch keine Kälte.

Nenn mich Jota, sagte sie und umarmte Irene wie eine Tochter. Wir haben außer Spiros keine Kinder mehr bekommen, eines ist auf halbem Weg wieder umgekehrt.

Irene starrte Jota entsetzt an.

Ein Abgang, ergänzte sie.

Irene zuckte zusammen. In welchem Monat?

Im dritten.

Da verdunkelt sich etwas, dachte Irene und sagte: Das muss genauso sein, als würde ein Kind sterben.

Du denkst zu viel. Ich wollte Hebamme werden, hatte aber Angst davor, auch die Kinder anderer Frauen könnten auf halbem Weg wieder umkehren. Das hätte ich nicht durchgestanden.

Sie sah Irene nachdenklich an. Ist Spiros gut zu dir?

Manchmal etwas wortkarg, und wenn er spricht, dann häufig über Maschinen wie über lebendige Wesen.

Diese Eigenschaft hatte er schon als Kind. Teile zusammensetzen, zum Laufen bringen, ihnen Leben einhauchen.

Auch mein Vater ist so.

Dann ist dir das ja vertraut.

Jota stellte Gläser auf den Tisch, schenkte großzügig ein.

Zum Wohl, sagte sie und stieß mit Irene an: Auf eure Zukunft.

Und auch auf eure, antwortete Irene.

Unsere ist nicht mehr so ergiebig. Wir haben einen wesentlichen Teil des Lebens hinter uns. Ich habe ein Essen vorbereitet, ihr werdet hungrig sein.

Der Vater stand etwas hilflos daneben, trank sein Glas in einem Zug leer. Setz dich, sagte er, berührte Irene kaum spürbar an der Schulter.

In seinem Blick waren Müdigkeit und Überlegenheit zugleich, auch eine gewisse Scheu, jemandem direkt ins Gesicht zu sehen. Seine Kleidung war schlicht, aber sehr gepflegt. Er nahm seinen Hut ab, knöpfte die Jacke auf und begann zu essen.

Das meiste vom Garten, sagte Jota, schade, dass ihr nichts davon mitnehmen könnt.

Irene half beim Abspülen, merkte, dass nichts Fremdes in ihr war, ging an den Kamin, um die vergilbten Fotos auf dem Sims zu betrachten. Jota kam dazu, erklärte, verlor sich fast gänzlich in der Vergangenheit.

Einige sind schon gestorben, viel zu früh oder erst dann, als es schon über der Zeit war. Großvater wurde fast hundert Jahre alt. Den größten Einfluss auf mich hatte meine Tante. In den letzten Monaten hatte sie sogar ihren eigenen Namen vergessen. Vielleicht ist das am Ende auch nicht mehr wichtig. Wir verlöschen, auch unser Name wird ausgelöscht.

Du bist eine kluge Frau.

Oben ist euer Zimmer, geht hinauf! Es ist alles vorbereitet.

Hier riecht es nach Oregano und Salbei, sagte Irene und warf sich übermütig auf das saubere Bett. Ich höre orthodoxe Gesänge, Schwüre und Tanzlieder. Flüche und Gebete.

Bevor sie einschlief, sagte sie: Hier hat die Liebe eine andere Würze.

Spiros sah sie glücklich an.

Das Schwermütige in ihrem Gesicht ist verschwunden, dachte er, umarmte sie und schlief ein.

Ich werde dir zeigen, was unser Eigenes ist, sagte Jota am nächsten Morgen zu Irene. Du sollst alles kennen und auch lieben lernen.

Sie gingen beide durch den Garten und über die Hauptstraße. Es stimmte: eine Ampel, ein schmaler Fußgängerweg. Hinter den Häusern die Olivenhaine, auf der anderen Seite das Meer.

Jota grüßte jeden, der ihr entgegenkam.

Ob Freund oder Feind, sagte sie, es ist wichtig, höflich zu sein.

Sie begann aus ihrer Kindheit zu erzählen, die herb gewesen war. Wir wussten es nicht anders, sagte sie: Strenge, Armut und Gottesfurcht. Im Laufe des Lebens streifst du manches ab, was nicht zu dir gehört. Vieles bleibt aber auch an dir hängen. Zuerst gehen wir zu Eleni. Ihre Kinder leben in der Stadt, sind gut verheiratet, kommen nur einmal im Jahr auf Besuch. Ihr erster Mann war gewalttätig, wurde selbst von seinem Vater geschlagen. Das muss nicht sein.

Eleni saß vor ihrem Haus und schälte Kartoffeln. Sie bot Kaffee an, deckte den Tisch und erzählte von ihren beiden Söhnen, von Träumen, zwei Ehemännern, die starben, als sie nicht damit gerechnet hatte, nahm drei Äpfel aus der Schale. Mehr besitze ich nicht.

Sie gibt auch von dem wenigen, sagte Jota, als sie sich wieder auf der Straße befanden.

Ihr Onkel war im Widerstand gewesen. Nach dem Krieg haben das viele behauptet, Helden im Nachhinein. Er allerdings hatte eine Ehrung an der Wand hängen. Die meisten setzten sich einen Lorbeerkranz auf, der schon verwelkt war, diese Schurken.

Jota gestikulierte, wiederholte, sprach langsam. Deutete hierhin und dorthin.

Irene verstand nicht alles. Sie ahnte jedoch, worum es ging, roch und tastete sich hinein in das noch Unbekannte, wiederholte Wörter und Sätze, schmeckte auf der Zunge, was nach Dauer aussehen konnte.

Geschichten erhalten dich am Leben, sagte Jota. Sie müssen einen Sinn ergeben. Sogar erfunden dürfen sie sein, wenn sie nur tief genug sind. Ich zeige dir unseren Olivenhain. Das ist unser Besitz, unser Stolz, vom Himmel gesegnet oder vernachlässigt. Die Bäume erzählen von rauen oder sonnigen Tagen, von starken Winden und Regenwolken, vom Zorn oder der Gnade der Götter. Wir haben immer wieder neue Olivenbäume gepflanzt. Es dauert lange, bis sie Früchte tragen. Du musst die Dinge berühren: Blätter, Steine, Muscheln, Pflanzen, ihren Atem spüren, Achtung zeigen. Es gibt nichts wirklich Hässliches. Selbst ein welkes Blatt oder ein dürrer Ast ist schön. Das meiste erfordert unser Wohlwollen, unsere Achtung.

Sie gingen langsam durch den Hain. Jota blieb immer wieder stehen, sah zum Himmel hinauf.

Hörst du die Vögel singen? Siehst du dort den Adler kreisen? Es gibt viel Grausames auf der Welt. Die Natur ist nicht immer sanft. Sie kann zerstören, vernichten, auslöschen. Wenn ihr beide wollt, könnt ihr an einem der nächsten Tage durch die Schlucht gehen. Da stört euch keiner. In der ersten Zeit unserer Ehe haben wir die Einsamkeit gesucht. Wir wollten keine Zuhörer und Zuschauer für das, was nur uns gehörte. Wir werden Salbei pflücken. Es gibt genug an den Wegrändern.

Irene brach einige Zweige ab und roch daran. Das alles ist für mich Griechenland, dachte sie mit einem Gefühl von Leichtigkeit und Freude.

Du kannst sie natürlich mitnehmen. Wir werden sie trocknen. Salbei ist ein Heilmittel. Du musst bei den Kräutern nur wissen, wofür. Wenn du willst, zeige ich dir am Ende des Dorfes die alte Schule.

Ich möchte alles kennenlernen, was dein Leben geprägt hat.

Dann komm!

Sie gingen den Hügel hinunter. Jota strich versonnen über einen Stamm.

Bäume reden, sagte sie, du brauchst Stille, um sie zu hören.

An der Hauptstraße gingen sie das schmale Trottoir entlang. Irene beobachtete das noch Fremde, Unbekannte, dachte darüber nach, wie es sein mochte, hier zu leben. Unsere Kinder werden sich wohl fühlen. Wir werden sie heranwachsen sehen, ihnen alles beibringen, was gut und dauerhaft ist.

Immer wieder kamen sie an leeren Häusern vorbei.

Einige Familien sind weggezogen, andere haben sich neue Häuser gebaut, sagte Jota. Manchmal kaufen Fremde die Ruinen auf und renovieren sie. Ich nehme Abstand, das Dorf verändert sich.

Ich mag das Ruinöse, sagte Irene, die Trauer des Vergänglichen steckt in jedem einzelnen Stein.

Nicht nur die Trauer, sondern auch Zank und Streit, die Bosheiten, das Ungelöste. Wenn du genau hinhörst, vernimmst du immer noch Stimmen, die nicht zur Ruhe kommen wollen.

Ein Tourist ging an ihnen vorbei, grüßte, wurde nicht weiter beachtet.

Sie kamen an ein altes, einstöckiges Gebäude, das nur zwei Fenster hatte. Die Scheiben waren teilweise herausgebrochen. Irene sah neugierig in das Innere und hatte das Gefühl, in eine andere Zeit zurückgeworfen zu werden.

Vor zwanzig Jahren sind die letzten Kinder hier zur Schule gegangen, sagte Jota. Es gibt längst ein schönes, modernes Gebäude.

Immer, wenn ich hier vorbeigehe, bin ich die Schülerin von einst, nicht sonderlich begabt, nicht sonderlich interessiert, meist im Anderswo. Der Himmel war groß, das Meer ein Ungeheuer. Keiner hat uns das Schwimmen beigebracht. Es war der Respekt vor allem, was stärker war als wir.

Sie gingen auf die Türe zu. Sie war einen Spalt breit geöffnet.

Es gibt nichts zu stehlen, sagte Jota. Erinnerungen können nur die mitnehmen, die hier ihre Schuljahre verbracht haben. Komm rein! In unserem Dorf verwahrlost so manches. Es gehört niemandem oder allen zugleich.

Die Türe gab nach. Eine dicke Staubschicht lag auf dem Boden, die Tafel war nachlässig gewischt. Bänke und Tische standen immer noch ordentlich nebeneinander.

Wir haben in einem geradezu kindlichen Wahn unsere Namen in das Holz geritzt, manchmal auch Symbole, uns verewigen wollen auf diese Weise.

Sie deutete in die zweite Reihe. Hier habe ich gesessen, nicht viel von dem verstanden, was die Lehrer vorne an die Tafel schrieben, meist überflüssiges Wissen, das schon damals nichts für mich gewesen ist. Ich bin eine Frau mit schlichtem Gemüt. Ich träumte von einem Jungen, in den ich mich verliebt hatte. Er raubte Vogelnester aus und zerquetschte die Eier mit wahrer Lust in seiner Faust. Das stieß mich ab, faszinierte mich aber gleichzeitig, diese Eiseskälte, mit der er tötete oder zerstörte. Er ist auf tragische Weise ums Leben gekommen.

In der letzten Reihe saß Georgios. Er hatte im Alter immer ein Gewehr unter dem Kopfkissen. Es gibt hier keine Feinde, die ungewollt eindringen können. Vielleicht war er sein eigener Feind, ohne es gewusst zu haben.

Ich mag an dir diese Eindeutigkeit.

Jota umarmte Irene: Du sprichst ein gutes Griechisch. Du warst fleißig. Ihr werdet Kinder haben, und vielleicht wollt ihr sogar hier leben. Für Kinder ist es auf dem Land einfacher. Ich verstehe nicht viel von Städten, da ist mir zu viel Trubel, zu viel Falschheit, zu viel Lüge. Wenn ihr etwas Eigenes schaffen wollt, können wir euch finanziell unterstützen. Wir haben lange gespart, außerdem ein Grundstück. Komm, ich will dir auch den alten Johannisbrotbaum zeigen. Er hat viel gesehen und darüber geschwiegen.

Bäume schweigen, dachte Irene, selbst ich schweige über das, worüber ich reden sollte. Da wehrt sich etwas, das leben will, tanzt manchmal, tut immer noch weh.

Irene stand ehrfürchtig vor dem Baum, dachte an die Generationen, die vor ihr gelebt, gelitten, geliebt oder gehasst hatten.

Bleib bis zur Olivenernte, sagte Jota auf dem Rückweg, dann kannst du ein wenig mithelfen.

Wer es nicht gelernt hat, kann es auch nicht.

Trau dir etwas zu! Du bist viel zu ernsthaft, sagte Jota. Gott verzeiht.

Irene sah sie überrascht an.

Du brauchst hier nicht viele Worte. Im Dorf ist viel Geschwätzigkeit. Ich beteilige mich nicht daran. Ich zähle meine Worte.

Worte zählen, sagte Irene am Abend zu Spiros, das wäre mir zu wenig.

So viel hat meine Mutter noch nie geredet. Du lockst ihr förmlich die Wörter aus dem Mund, allein dadurch, dass du da bist.

Der Vater saß meist schweigend am Tisch. Was gab es für ihn schon zu sagen? Einwände, Bedenken? Das Übliche.

Willst du morgen mit zum Fischen?

Eine Ehre, sagte Spiros. Er mag dich.

Schon am frühen Morgen drängte Aristide. Es ist windstill. Wir können unbesorgt hinausfahren. Bist du warm genug angezogen? Fischen ist eine ruhige Tätigkeit. Du brauchst Geduld, solltest an nichts anderes denken. Das stimmt nicht ganz. Du kannst auch über dein Leben sinnieren. Das Meer hilft dir dabei.

Ich schaue gern in die Tiefe.

Verlier dich nicht darin!

Manchmal lasse ich mich auch treiben.

Das gefällt mir schon besser.

Es gelingt nicht immer.

Du bist problematisch.

Das mag stimmen.

Und ich bin misstrauisch, jähzornig, gerate schnell in einen heftigen Streit. Ich habe viele Schläge ausgeteilt und genauso viele auch einstecken müssen. Vielleicht ist Spiros deshalb ins Ausland gegangen. Wenn er dich für dauernd mitbringt, hat es sich gelohnt.

Irene ging mit ihm hinunter an die Küste.

Ich kann nicht schwimmen, sagte Aristide.

Aber ich.

Dann kannst du dich selber retten.

Und warum hast du es nicht gelernt?

Wie Gott will.

Du meinst …

Nichts meine ich. Spiros hat sich das Schwimmen selber beigebracht, hat auch damals das Überleben gelernt. Damals. Er wird dir vieles erzählen, manches auch nicht. Es gibt Dinge, die leicht sind, die anderen schwer. Die schweren musst du wieder loswerden.

Und wenn es mir nicht gelingt?

Dann trage sie.

Er schob das Boot ins Wasser: Setz dich hinten hin, höre, staune, lass dich tragen vom gleichmäßigen Wellengang, und wenn du Fragen hast, erst danach.

Aristide stellte den Motor an. Das Meer teilte sich, wie es sich immer teilt, kein Wunder, nur eine Naturgegebenheit. Er hatte ein düsteres, undurchdringliches Gesicht, warf endlich das Netz aus.

Das musst du lernen, das Warten. Die Natur lässt sich nicht drängen. Und wenn ein Fisch anbeißt, gehört er dir erst, wenn er im Boot liegt. Ich werde dir nicht zeigen, wie man das Netz auswirft oder die Angelschnur in der Hand hält. Du wirst ganz andere Dinge in deiner Hand halten.

Er lächelte.

Es gab Tage, da habe ich fast nichts gefangen. Zwischendurch ein Zappeln, der Versuch eines Fisches, sich wieder zu befreien, ein paar Krabben oder eine Makrele, ein Barsch. Es ist auf dem Meer nicht so still, wie manche meinen. Du hörst von der Küste immer wieder ein Lachen, ein Lied, einen Schrei. Ein Verrückter wohnt nahe am Strand. Er dreht die Musik so laut auf, dass wir uns beim nächtlichen Angeln gestört fühlen, tanzt nackt in seinem Garten, wirft mit allem um sich, was in seiner Nähe ist.

Und warum ist er nicht im Heim?

Du meinst in der Nervenheilanstalt? Die Eltern haben ihn wieder zurückgeholt, ohne ihm Herr zu werden, eine große Portion Naivität oder Heroismus. Ich weiß es nicht.

Kennst du ihn persönlich?

Natürlich! Er fing schon als Kleinkind damit an, alles zu zerstören, bekam unkontrollierte Wutanfälle, heulte wie ein Schlosshund.

Hat er je eine Schule besucht?

Nein, dazu reicht sein Geist nicht.

Habt ihr bei der Geburt von Spiros Angst gehabt, er könnte nicht normal sein?

Ich nicht, aber Jota, du weißt nie.

Irene sah in die Ferne, betrachtete den Wellengang, die schmale Linie zwischen Himmel und Erde, diesen Mann vor ihr, der ihr fremd und zugleich vertraut war.

Nach zwei Stunden sagte Aristide: Für heute genug.

Er zog das Netz ein, fuhr an die Küste zurück.

Nicht viel, sagte er, für zwei Mahlzeiten reicht es. Bleib noch sitzen. Ich möchte dir von meinem Leben erzählen. Du kannst zuhören, das merke ich, und bei mir hat sich vieles angestaut. Ich war in jungen Jahren einer, der alles wollte. Ich habe getrunken, war unberechenbar, hatte üble Frauengeschichten, bis mein Bruder ums Leben kam. Er ist vermutlich aus Übermut vom Mast des Segelbootes gefallen. Ich sah ihn unten liegen, hörte seine letzten Atemzüge, den Blick schon ins Jenseits gerichtet. Ich umarmte ihn, schrie, beschwor ihn, nicht zu sterben. Fischer kamen, brachten ihn nach Hause. Die Beerdigung war das Traurigste, das ich je erlebt habe.

Das Unglück hat alles verändert. Meine Worte waren danach wie erloschen. Ich habe wochenlang nicht mehr geredet. Nur dahin und dorthin gedeutet mit den Augen und meinen Händen. Sprich, bat mein Vater, wir werden sonst verrückt mit dir. Der Schmerz brachte mich um den Verstand. Ich habe die Worte Boot, Mast, Sturz sinnlos aneinandergereiht, immer wieder, hundert Mal am Tag, so lange, bis sich andere hinzufügten. Das Wort Himmel, was immer auch damit gemeint sein kann, war das erste. Dann das Wort Schicksal. Ich habe es auf die Außenwand meines Bootes gepinselt. Das wirst du schon bemerkt haben. Zwei Jahre später habe ich Jota kennengelernt. Ich mochte ihre stille Art, die Dinge zu betrachten, abzuwägen, richtig zu entscheiden. Sie kann besänftigen. Manchmal ist sie etwas einfältig, aber nicht dumm. Wir hätten gerne mehrere Kinder gehabt. Vielleicht laufen im Dorf einige herum, für die ich der Vater bin, das ist ein unangenehmer Gedanke.

Nach dem Mittagessen sagte Spiros zu seinen Eltern: Wir machen einen Spaziergang durch den Ort. Ich möchte Irene noch einiges zeigen.

Unser Häuschen am Meer ist seit Jahren nicht mehr bewohnt, sagte Jota. Es wird feucht sein. Die Betten sind nicht überzogen. Die Zimmer nicht gereinigt. Für den Anfang wäre es für euch genau das Richtige.

Nicht nur für den Anfang, sagte Spiros, fasste Irene an der Schulter, schob sie sanft hinaus.

Ich fühle mich mit Jota seelenverwandt, sagte Irene.

Du kennst sie nicht.

Ich muss sie nicht so genau kennen. Das, was ich beobachtet, von ihr gehört habe, genügt mir.

Sie ist im Dorf ein ganz eigener, unabhängiger Kosmos.

Das gefällt mir.

Unterwegs traf er einen alten Schulfreund.

Doch wieder hier in diesem gottverlassenen Nest.

Vorläufig.

Bleib! Wir brauchen Männer wie dich, die etwas in Bewegung setzen. Das Dorf verändert sich. Ein luxuriöses Hotel soll gebaut werden, das gar nicht nötig ist, eine breite Teerstraße. Du hast Ideen genug, hier etwas zu schaffen, was sinnvoll ist und auf Dauer überlebt.

Das ist nicht so einfach. Ich muss von irgendetwas leben können, und Irene muss bereit sein, mitzukommen.

Sie nickte.

Als sie an einem Spielplatz vorbeikamen, blieb Irene stehen und sagte fast vorwurfsvoll: Eine alte, rostige Schaukel, eine Bank, auf der keiner mehr sitzen will, ein schief gewachsener Baum, der kaum Schatten spendet. Das ist alles.

Es gibt im Dorf immer weniger Kinder.

Für mich keine Entschuldigung, auch die Kinder von Touristen sollten sich gern hier aufhalten.

Du meinst, du könntest dir vorstellen, dass …

Sie schnitt ihm das Wort ab: Vorläufig stelle ich mir vor, dass ich noch einige Tage bleiben möchte.

An der Küste sammelte sie Steine, schrieb mit ihrem Finger zwei Worte in den Sand.

Ich möchte in der Bar etwas trinken, sagte Spiros.

Dann komme ich mit.

Der noch junge Barkeeper begrüßte beide mit großer Herzlichkeit, bot ihnen gleich einen Drink an und erzählte davon, wie schwierig es wäre, im Winter zu überleben.

Ich wohne dann einige Monate in der Stadt und halte mich mit Gelegenheitsarbeiten über Wasser. Touristen sind anspruchsvoll, geben kaum Trinkgeld. Vielleicht übernehme ich die Taverne meines Cousins. Er will von hier fort.

Wie ist das so, ein Barkeeper zu sein?

Wenn du wenige Gäste hast, dann hast du auch Zeit, mit ihnen über Gott und die Welt zu reden. Du verdienst dann allerdings auch wenig. Wenn die Bar voll ist, habe ich zu tun. Wir haben schon Feste inszeniert, um Gäste anzulocken, eine Musikkapelle engagiert. Einen Sommer lang hat das sogar funktioniert.

Was hast du denn weiterhin vor?

Sie kamen schnell in ein längeres Gespräch, bei dem Irene aufmerksam zuhörte. Manches war ihr fremd. Das wird auch so bleiben, dachte sie und war froh, als sie sich voneinander verabschiedeten.

Als beide am Häuschen ankamen, das den Eltern von Spiros gehörte, sagte Irene: Das ist es. Genau das. Hier möchte ich wohnen. So nahe am Strand, dass wir dem Meer lauschen können, auch wenn es sich kaum bewegt, wenn es nur flüstert, großzügig erlaubt, dass der Mond sich in ihm spiegelt. Es hütet das verborgene Leben wie einen Schatz, auch Unrat und Wrackteile, das Schöne und Hässliche. Es ist tiefgründig und gleichgültig.

Spiros hörte ihr fast andächtig zu, dachte: Mit ihr könnte mein Leben gelingen, könnte ich mich von meinem kleinlichen Wesen befreien.

Und am Hang eine Wohnanlage.

Wie ich dir schon sagte, werden wir zuerst unseren Onkel kontaktieren müssen. Er besitzt die Taverne Sokrates. Er ist schlau, berechnend und heimtückisch. Mitunter auch großzügig.

Und du meinst, wir bekommen dieses Grundstück?

Wir werden es versuchen.

Beim ersten Mal grinste der Onkel nur. Verkaufen? Man weiß nie.

Was weiß man nie?

Wie sich die Dinge entwickeln.

Zum Guten, sagte Irene und lachte ihn bedeutungsvoll an.

Der ihr eigene Charme war sicher ausschlaggebend, als er sagte: Kommt in einem halben Jahr wieder. Ich muss noch einiges klären.

Die Tage von Irene und Spiros waren voller Glück. Sie überließen sich dem, was das Leben ihnen gab.

Hier brauchst du weniger, forderst du weniger, lässt du den Dingen ihren Lauf. In der Stadt läufst du ständig hinter etwas her, ohne es je zu erreichen, sagte Spiros zu Irene und umarmte sie häufiger als sonst.

Die Liebe duftet, sagte Spiros am Abend, als sie beide im Bett lagen und das Leben so aussah, als könnte es aus einer Folge von harmonischen Tagen bestehen.

Er sah Irene eine Weile an, sagte: Ich möchte dich heiraten.

In Freud und Leid. Im Guten wie im Schlechten, antwortete sie.

Mehr im Guten, sagte Spiros.

Was weißt du schon?

Ich kann nichts Schlechtes an dir finden, nichts wirklich Böses, im Höchstfall kleine Gemeinheiten, Nadelstiche.

Das Ungereimte hält sich verborgen. Wenn ich wirklich hierher komme, werde ich meine alten Götter zurücklassen müssen, sagte sie.

Du wirst dafür andere finden, anbetungswürdig und voller Hinterlist. Oder du wirst ganz darauf verzichten können.

Am Tag der Abreise packte Jota ein, was sie für notwendig hielt: frische Tomaten, Gurken, Olivenöl, Feta, Kräuter.

Ich werde dich vermissen, sagte Jota zu Irene.

Ich dich auch.

Sie umarmten sich wie zwei Freundinnen, die einander schon lange kennen. Aristide drückte ihr die Hand und hatte Tränen in den Augen. Das nächste Mal, sagte er, werden wir weiter hinausfahren. Es gibt noch so manches, was ich dir erzählen möchte.

Als beide schon im Flugzeug saßen und zurück nach Deutschland flogen, sagte Irene: Deine Mutter riecht nach Kräutern, dein Vater nach Algen und Fisch.

Und ich?

Nach Stadt und Land zugleich, nach Erde und Sonne, Lärm und Stille.

Und du riechst nach Liebe, manchmal unerfüllt, dann wieder satt von unseren Umarmungen.

Richtig satt wird keiner von uns. Das ist lediglich ein Wunsch, mehr nicht.

Wieder in der eigenen Wohnung ging Irene zuerst ans Fenster und fragte: Wo ist das Meer?

Gleich hinter der nächsten Häuserfront.

Das beruhigt, sagte sie, dann können wir noch hier bleiben, bis …

Spiros wagte nicht, den Satz zu vollenden.

Zweiter Sturmtag
Liebesnächte

In der Natur lässt sich nichts festhalten. Sie hat ihren eigenen Rhythmus. Ihre eigenen Gesetze. Ihre eigene Melodie. Zum ersten Mal war in der Nacht für ein paar Stunden Ruhe eingetreten, als hätte der Sturm sich ausgetobt und müsste neue Kräfte sammeln.

Spiros steht am frühen Morgen unter der Türe, betrachtet das Meer, als sähe er es zum ersten Mal. Gesichter tauchen auf, Stimmen, Farben, Bewegungen.

Irene riet mir damals, als wir ernsthaft über unsere Zukunft nachdachten, als Koch oder Kellner zu arbeiten. Eine wichtige Erfahrung für später, ergänzte sie.

Wie meinst du das?

Du willst mich nicht verstehen.

Mag sein, aber ich finde immer eine Arbeit. Ich habe zwei starke Hände.

Und einen verworrenen Geist.

Nur manchmal. Und wenn wir zuerst heiraten?

Bis dass der Tod euch scheidet, sagte Irene fast scherzhaft.

Wie viele Gäste?

Acht. Ich habe eine Vorliebe für bestimmte Zahlen. Zwei Trauzeugen, drei Freundinnen von mir und drei Freunde von dir.

Und unsere Eltern?

Sie müssen nicht dabei sein, wenn wir uns das Jawort geben und daran glauben wollen, dass wir es auch einhalten können.

Auf dem Weg zum Standesamt sagte Irene leise vor sich hin: Ich will. Ich will nicht. Ich will.

Sie stolperte über die letzte Treppenstufe, ohne zu fallen, flüsterte mir etwas ins Ohr, das ich nicht verstand.

Der Standesbeamte wirkte routiniert, fast seelenlos. Er kannte jedes Wort und jede Geste, traute Paare im Dreißig-Minuten-Takt, verrückt oder dezent in der Aufmachung, laut oder nachdenklich, überfordert vom eigenen Glück, eingeholt von uralten Gedanken und ungezügelten Gefühlen.

Irene trug ein geschmackvolles Kleid in Gelb und im hochgesteckten Haar eine weiße Rose. Ich war genauso verliebt und töricht wie alle Verliebten, dachte während der langweiligen Rede über Jahrzehnte hinaus, war abwesend und doch gegenwärtig, drückte immer wieder die Hand meiner Braut, versprach Unsinniges und höchst Sinniges.

Die Feier war schlicht und ohne dieses Maß an Verschwendung und Großzügigkeit, das ich in Griechenland gewohnt war.

Wir sollten in meiner Heimat zum zweiten Mal heiraten, flüsterte ich Irene ins Ohr.

Das hat Zeit. Unser Versprechen will gelebt werden.

Ich steckte ihr einen wertvollen Ring an den Finger.

Woher hast du ihn?

Er stammt von meiner Großmutter, Mutter hat ihn mir heimlich gegeben, als wir bei ihr auf Besuch waren.

Ein Fotograf hielt den wichtigen, sentimentalen Augenblick fest für eine Zukunft, die keiner von den Brautleuten kannte und vermutlich auch nicht im Voraus kennen wollte.

Die Gäste erzählten sich bei Tisch Klatsch- und Liebesgeschichten, überboten einander mit Anekdoten, die übertrieben oder zumindest teilweise erfunden waren. Irene und Spiros wurden immer schweigsamer, bis Sofie sagte: Ihr seid doch heute die Hauptpersonen.

In welchem Theaterstück?, fragte Irene spöttisch.

Das Gespräch verstummte, kam nur mehr schleppend in Gang. Kerstin rettete sich in eine Banalität: Die Nachspeise schmeckt hervorragend. Sie sah Tom dabei verführerisch an, was er jedoch mit einer billigen Floskel abtat.

Hochzeitsnächte werden meist zu dem gemacht, was sie gar nicht sind oder sein können. Flitterwochen bekommen einen viel zu hohen Stellenwert. Der siebte Himmel oder Ähnliches, das stimmt nicht unbedingt.

Wir kamen schnell wieder in unsere Normalität zurück. Jenes *Ja, ich will* im Herzen, das uns über die Jahre hinwegtragen sollte.

Ich musste und wollte so rasch wie möglich eine andere Beschäftigung finden und nicht mehr in der Mensa arbeiten.

Als ich an einem Abend eine der griechischen Tavernen betrat, die ganz in der Nähe unserer Wohnung waren, Platz nahm und das erste Glas Wein bestellte, wusste ich, dass ich dort als Kellner tätig sein wollte. Als ich den Chef fragte, stimmte er nach kurzer Überlegung zu. Erst vorige Woche hat einer von den Angestellten gekündigt.

Dimitri kam vom griechischen Festland, hatte drei Kinder. Seine Frau war eine Deutsche, seine Eltern lebten auf einer Insel. Er erzählte, gestikulierte, sprach von großer Entbehrung in seiner Kindheit.

Wir haben einen gewissen Wohlstand erreicht, sagte er, ich habe viel investiert an Kraft, Zeit und Geld. Meine Frau hat die Kinder großgezogen. Manchmal ist ihr alles zu viel, dann klagt sie, erpresst mich mit absurden, fast lächerlichen Wünschen.

Wie oft fährst du noch in deine Heimat?, fragte ich ihn.

Einmal im Jahr, wenn wir für zwei Wochen das Lokal schließen. Ich fühle mich in Deutschland längst zu Hause. Meine Kinder sind hier aufgewachsen. Was später aus ihnen wird und für welches Land sie sich entscheiden, weiß ich nicht.

Ich begann dort zu arbeiten und hatte meist bis um Mitternacht zu tun.

Sotiria war meine Kollegin. Ich sah sie anfangs nur schweigend an, beobachtete ihren Umgang mit den Gästen und war erstaunt, wie flink und umsichtig sie war, ohne nervös zu wirken oder zu ermüden. Irgendwann fragte ich sie: Bist du verheiratet?

Geschieden seit einem halben Jahr. Und du?

Immer noch verheiratet.

Das klingt so, als würdest du es bereuen.

Manchmal ist zu wenig Vertrautheit zwischen mir und meiner Frau, antwortete ich ihr.

Letztlich hat Sotiria und mich die griechische Sprache zueinander geführt. Ich wusste nicht, dass ich davon so abhängig war. Sprache ist Gefühl, ist Einsicht, ist Qual und Zuversicht. Ist Reinheit und inneres Gesetz.

Wir sehnten uns nach unserem ursprünglichen Zuhause, wollten gleichzeitig hier und dort sein. Durch sie hatte ich begriffen, dass unser Land reich ist an Mythen, die wir vergessen haben oder vergessen wollten. Sie hat sie für mich aus der Tiefe geholt, mir erklärt, was es bedeutet, Ikarus zu sein.

Wir sind alle zu nahe an der Sonne, sagte sie einmal, und verbrennen.

Das war ein Satz, der mich ernüchterte.

Auch eine Liebschaft wirft ihren Schatten, bringt zeitweilig um das innere Gleichgewicht. Ein Mensch stiehlt sich in dein Leben und bleibt so lange, bis du ihn wieder an den Rand drängst. Wir hatten nicht viel Zeit füreinander.

Mein Chef warnte: Du bist abwesend und nicht immer bei der Sache. Verlier dich nicht in unnützen Tändeleien.

Ich bin kein Mann großer Illusionen, antwortete ich überzeugt.

Dann war ich es doch. Wir trafen uns heimlich. Unsere Worte waren überstürzt, voreilig, fahrig, unsere Küsse und Berührungen von einer befremdlichen Leidenschaft.

Ich begann Irene anzulügen, suchte nach Ausreden. War in der Nacht, wenn ich nach Hause kam, besonders zärtlich zu ihr, um etwas wieder gut zu machen, was aus dem Ruder lief, versprach ihr alles und nichts.

Sie spürte meine Untreue.

Du riechst anders. Du redest anders. Du bist anders. Eine Frau hat dir deine Stimme geraubt. Das, was du sagst, ist verlogen. Hat keine Festigkeit mehr.

Ein Traum – weiter nichts, antwortete ich ihr ohne rechte Überzeugung.

Aus manchem Traum ist schon ein Alptraum geworden, war ihr letzter Satz, bevor sie verstummte.

Irene stellte wortlos das Essen auf den Tisch, ging wie gewohnt ins Reisebüro, schrieb das Nötigste auf winzige Zettel in winziger Schrift.

Alle Wörter, denen wir sonst vertrauen konnten, waren verbraucht.

Sotiria wechselte die Arbeitsstelle. Wir sahen uns nie wieder.

An einem Abend, als ich wie sonst auch die Gäste bediente und mich eine junge Griechin in ihren Bewegungen und ihrem Gesichtsausdruck an meine Mutter erinnerte, tauchte etwas auf, was lange in meinem Inneren verborgen war. Ich mochte fünf Jahre alt gewesen sein, hatte im Garten gespielt und war unerwartet in die Küche gekommen. Ein mir fremder Mann stand nahe am Kamin, hielt meine Mutter eng umschlungen und küsste sie lange und innig. Als sie mich bemerkte, stieß sie ihn eilig zur Seite. Er verschwand, ohne mich auch nur anzusehen oder ein einziges Wort zu äußern. Auch meine Mutter schwieg, stellte mir mein Lieblingsessen auf den Tisch, streichelte meine Wangen und sagte: Du bist für mich das Wichtigste auf der Welt. Vergiss das nicht. Ich habe ihr keine einzige Frage gestellt, sie nur angesehen und damals schon geahnt, dass etwas nicht in Ordnung gewesen ist.

Vermutlich hat Mutter Rache geübt an der Untreue meines Vaters, ist geheime Wege gegangen, die ich nicht mitgehen durfte. Sie brachte mich dann jedes Mal zu einer Tante.

Gehst du wieder dorthin?, fragte diese regelmäßig.
Ich will, ich muss.
Ich will, ich muss, wiederholte Spiros und überließ sich einer wehmütigen Stimmung.

Schon nach einigen Monaten kannte ich die Stammkunden mit Namen, auch ihre Sonderwünsche. Wenn Zeit blieb, unterhielt ich mich kurz mit ihnen, fragte nach ihrem Befinden, ihren Urlaubsplänen. Beantwortete geduldig ihre Fragen.

Ich vergaß Sotiria, war gegenüber Irene aufmerksamer als sonst. Sie zürnte mir immer noch.

Meine Tätigkeit in der Taverne war trotz aller Stabilität auch eine Zeit großer Unruhe.

Ich dachte an all das, was mir viele Jahre vertraut gewesen war: an das Meer, unbeherrscht oder voller Trägheit, den Wind, launisch oder sanft, die Sprache mit ihrer Sinnhaftigkeit und Schönheit, an Freunde, die längst einen anderen Weg eingeschlagen hatten. Auch an die Toten, die ich nicht vergessen konnte. Ich vermisste den kindlichen Leichtsinn, mit dem wir spielerisch über Leben und Tod entschieden haben. An Segeltouren, meine erste Liebe, für die ich damals sterben wollte, an Tänze voller Eleganz und Leichtigkeit, auch an eine Landschaft, die mich in ihrer Rauheit und Makellosigkeit immer wieder betört.

Ich kann mich jederzeit neu entscheiden, dachte ich. Und wusste, dass ich Irene dabei nicht aus dem Spiel lassen konnte.

Bei meinem ersten Urlaub sagte ich zu Irene: Wir sollten endlich deine Eltern besuchen.

Sie werden dich nicht mit offenen Armen aufnehmen.
Und warum nicht? Das Fremde an mir?
Sie haben Angst, dass ich fortgehe.
Hast du dieselbe Angst?

Nein, ich werde alles mitnehmen, auch das Unangenehme und Schwere.

Und wenn du es zurücklässt?

Du meinst wie ein überflüssiges Möbelstück? Manches haftet dir an bis an dein Lebensende.

Irenes Mutter war modisch gekleidet und so aufgeregt, als müsste sie ein großes Fest vorbereiten. Sie verwöhnte uns, betonte, wie zufrieden sie darüber wäre, dass Irene in mir endlich einen festen Partner gefunden habe. Sie erzählte viel, auch Überflüssiges, holte Fotoalben aus dem Regal, um mir anschaulich die einzelnen Lebensphasen von Irene zu demonstrieren.

Unsere Tochter ist eigenwillig, ein wenig verrückt, aber liebenswürdig. Ich möchte sie ungern verlieren.

Wie meinst du das?

Dass sie mit dir nach Griechenland geht.

Und wenn es die einzig richtige Entscheidung ist?

Sie gab mir keine Antwort, blätterte weiter im Familienalbum, erzählte Episoden, die Irene nie erwähnt hatte. Holte weit aus, als müsste sie mich über alles bis ins Detail informieren.

Ich hörte zu, stellte Fragen, die sie bereitwillig beantwortete, beobachtete sie dabei, wie sie kochte, über ihr Kleid strich, eine Zeitung aufschlug, vorsichtig, dann wieder ungestüm, abwesend, als würde sie an eine verbotene Liebe denken. Ich verstand plötzlich, dass Irene ihr in vielem ähnlich war.

Mein Bild von ihrem Vater stimmte nicht mit dem überein, wie Irene ihn mir geschildert hatte.

Er trug eine saubere Hose und ein weißes Hemd, seine Redeweise war nicht unbedingt schillernd. Er wirkte abgenutzt und müde.

Vater hat sich verändert, sagte Irene zu mir, als wir einen längeren Spaziergang durch die Stadt unternahmen. Er ist zum Grübler geworden, hat nicht mehr den Elan, den ich an ihm kannte.

Und deine Mutter?

Wie immer. Besorgt, ängstlich. Übertrieben eifrig. Sie möchte nicht, dass ich weggehe.

Will sie, dass du in ihrer Nähe bleibst?

Das wollen doch alle Mütter.

Die Jahre vergehen, denkt Spiros, Generationen folgen aufeinander. Wenn Kinder geboren werden, ist in ihnen die Schönheit der ganzen Welt. Sie nutzt sich ab, wie sich alles im Laufe der Zeit abnutzt, beim einen mehr, beim anderen weniger. Unsere Kinder werden ihre Schönheit bewahren können, davon bin ich überzeugt.

Seit mehreren Stunden hat es keinen Stromausfall mehr gegeben.

Durch den Garten kommt die Nachbarin Georgia angestürmt, triefend vor Nässe, aufgebracht und zornig: Mein Mann sitzt in der Taverne und säuft.

Lass ihn weitersaufen.

Wie stellst du dir das vor?

Wenn er zurückkommt, schläft er zwanzig Stunden, wacht auf und weiß nicht mehr, was davor gewesen ist.

Komm rein! Kaffee, Tee oder einen Ouzo?

Etwas zum Aufwärmen.

Sie zieht ihren Mantel und ihre Schuhe aus, setzt sich, erzählt alte Geschichten, will ihnen nichts Neues hinzufügen. Das Vergangene war bedrückend genug.

Die Operation vor drei Jahren hat er gut überstanden. Der Arzt hatte schon nicht mehr daran geglaubt. Dann kam der Schlaganfall. Wenn du ihm beim Sprechen genau zuhörst, merkst du es. Er zögert bei manchen Worten, der rechte Arm ist gelähmt. Und bei dir, Spiros?

Ich übe das Vergessen.

Such dir wieder eine Frau, eine von hier!

Die Frau gibt es schon, und sie ist nicht von hier.

Georgia schweigt, bekreuzigt sich. So Gott will.

Der Regen hat kurz aufgehört.

Es klopft.

Noch jemand, sagt Georgia, dann kann ich ja gehen.

Du kannst auch bleiben.

Es ist der alte Kostas, humorvoll und immer noch diesen Schalk im Nacken, der ihn so liebenswürdig und vertraut macht. Seine Frau ist vor zehn Jahren gestorben.

Er lässt sich Ouzo eingießen, trinkt rasch mehrere Gläser.

Ich spreche täglich mit meiner Ioanna, mache ihr Vorwürfe oder lobe sie, je nachdem, sehe sie vor mir, das Haar grau, im Gesicht viele Falten. Zuletzt war sie ohne Sprache, ihr Geist undurchdringlich. Kein einziger vernünftiger Satz kam mehr aus ihrem Mund. Die Jahre mit ihr verschwimmen, lösen sich fast gänzlich auf. Ich bin einsam.

Als beide gegangen sind, ruft Spiros Simone an.

Sie steht kurz danach an seiner Türe.

Ich habe auf dich gewartet. Du gehörst schon ganz selbstverständlich in mein Leben.

Sie setzt sich und empfiehlt mir, den Gästen mitzuteilen, dass sie sich in den Stunden, in denen es nicht regnet, mit dem Nötigsten versorgen sollten.

Der Sturm wird anhalten, sage ich.

Fast traumwandlerisch führe ich sie ins Schlafzimmer, denke dabei nur kurz an Irene.

Simone ist gefügig und aufsässig zugleich, zärtlich im Übermaß. Sie reiht Wörter aneinander, die keinen Sinn ergeben, küsst mich im Nacken, auf meine Brust, streicht über meine Arme, streicht etwas glatt, was Widerstand leistet.

Ich nehme ihr Gesicht in meine Hände.

Du hast großen Nachholbedarf, sagt sie.

Du auch.

Sie streift die Bilder an den Wänden mit jenem Blick, der nichts wahrnimmt, überrannt wird von eigenen törichten Gefühlen.

Ich bin blind für alles andere, sagt sie, und ich habe noch nie so innig geliebt. Wenn es nicht mehr stürmt, gehen wir in die Taverne. Ich möchte, dass du dich endlich mit mir in der Öffentlichkeit zeigst.

Jetzt schon?

Willst du weitere Jahre warten?

Ich küsse sie auf die Schläfe, drücke sie an mich.

Sie steht auf, zieht sich an, schaut kurz in den Spiegel und wirft mir eine Kusshand zu.

Komm wieder!

Zwei Frauen, zwei höchst unterschiedliche Leben.

Meine Tante hatte schon kurz nach dem Tod ihres Mannes einen anderen Partner gefunden. Erstaunt war keiner von uns. Sie konnte und wollte nicht allein sein.

Es hat tatsächlich zu regnen aufgehört. Die Gäste sind längst unterwegs, um einzukaufen oder am Strand entlangzugehen. Nur Christian steht an der Türe, unentschlossen und mit seinem Fotoapparat in der Hand.

Haben Sie vorgesorgt?

Ich will fotografieren, alles damit festhalten: die Verwüstung, Veränderungen. Tiere, die leiden, Gegenstände, die an Land gespült wurden. Menschen, die ohnmächtig den Himmel anstarren. Das Unwetter verändert uns.

Er bleibt vor jedem Busch stehen, umarmt Stämme, deutet hierhin und dorthin, verliert sich in Details, ist komisch und rührend zugleich. Unten an der Küste nimmt er einen Stein in die Hand und wirft ihn in hohem Bogen hinaus ins Meer.

Ein eigenwilliger Mann. Einer, der irgendwann in die Irre geht, ohne dass ihn jemand wird aufhalten können.

Während Spiros sein Essen vorbereitet, denkt er an Irene.

Ich war immer wieder erstaunt, wie schnell sie im Griechischen Fortschritte gemacht hatte. Sie lernte Wörter und Sätze fast nebenbei.

Ich liebe die Melodie deiner Sprache, sagte sie häufig. Es gibt auch im Griechischen gute und schlechte Wörter, je nachdem, wie du sie verwendest. Es gibt Wörter zum Anfassen und solche, die in der Luft hängen bleiben, so leicht sind sie. Manche sind unangenehm, verstümmelt, düster, ohne Gleichgewicht, andere vollendet und rhythmisch. Wenn ich ein Wort höre, sagte sie, frisst es sich in mich hinein wie eine Zecke und bleibt in mir stecken.

Unsere Unterhaltung auf Deutsch war durchsetzt mit griechischen Ausdrücken. Sie liebte das Wort *entaksi.*

Ist wirklich alles in Ordnung?, fragte ich sie öfter als nötig.

Unser Leben, meinst du? Ich meine es nicht nur, es ist so.

In Gesprächen hatte sie meist die besseren Argumente. Mein Deutsch reichte nicht immer dafür aus.

Wir debattierten oft stundenlang darüber, was typisch deutsch und typisch griechisch ist. Was gehört allen Nationen? Was unterscheidet sie voneinander? Blumen, Gesichter, Verhaltensweisen, Bauten, Weltanschauungen, Gott. Die Vergangenheit. Rituale. Bräuche.

Einig sind wir uns dabei fast nie geworden.

In der Nacht stürmt und regnet es weiter. Äste knicken ein, Seevögel haben irgendwo Schutz gefunden. Katzen sitzen unter Dächern und hungern.

Ich muss sie füttern, denkt Spiros beim ersten Morgenlicht.

Die älteste, auch die am meisten verwahrloste, war an einem Nachmittag ganz selbstverständlich in den Hausflur gekommen und geblieben. Bei uns ist das nicht üblich. Beim Umgang mit Tieren sind wir nicht besonders aufmerksam.

Drei Katzen kommen bis an die Türschwelle. Ausgehungert und verängstigt. Sie lassen sich nicht streicheln, verschwinden wieder, wenn sie genug gefressen haben. Von irgendwoher ist das heisere Bellen eines Hundes zu hören.

Es wird Zeit, dass wir uns alle wieder an der Sonne wärmen können.

Mein Onkel war endlich damit einverstanden, das Grundstück an mich zu verkaufen. Ich verhandelte mit meinen Eltern, inwieweit sie bereit waren, uns finanziell zu helfen, besprach mich mit Dorfbewohnern, die Erfahrung hatten mit Bauvorschriften und dem Errichten neuer Gebäude. Als die baulichen Maßnahmen begonnen hatten, flog ich regelmäßig nach Griechenland, um alles zu überprüfen.

Bleib so lange wie möglich dort, riet mir Irene mehrmals bei unseren Telefonaten, damit du alles, was nötig ist, mit Fachleuten besprechen kannst. Manchmal werden Fehler gemacht, die nicht mehr gutzumachen sind.

Ich spürte, wie tief ich mit meinem Land verwurzelt war, dass ich immer noch zur Dorfgemeinschaft gehörte, dass Stimmen, Gerüche und Farben nicht an Bedeutung verloren hatten. An den Abenden ging ich in eine Bar, unterhielt mich mit denen, die nicht den Mut hatten, Griechenland zu verlassen, da sie für ihre Eltern sorgen mussten oder weil es ihnen an genauer Vorstellung fehlte, wie es für sie weitergehen könnte.

Manche bewunderten mich, stellten mir viele, auch kuriose Fragen, vor allem nach deutschen Frauen. Ich wurde nicht müde, ihnen zu antworten, merkte, welchen Illusionen sie sich hingaben und dass Trägheit häufig ein Grund dafür war, dass sie nichts veränderten.

Der Tag, an dem mir Irene gestand, dass sie schwanger sei, war heiß und trocken.

Soll ich dir ein Glas Wasser bringen?

Sie nickte. Setz dich, sagte sie fast unfreundlich.

Wie umgehen mit einer Schwangeren? Ich wusste es nicht, sprach leise und vorsichtig, als wäre sie krank.

Übertreib nicht, sagte sie. Neun Monate, mehr sind es nicht.

Die Schwangerschaft veränderte Irene. Sie war euphorisch, dann wieder ängstlich, verwirrt, schweigsam oder äußerst redselig.

Als ich meine Hände auf ihren Bauch legte, tastete ich staunend das kleine große Wunder ab.

Es will leben, sagte ich.

Es, wiederholte sie glücklich.

Eine Stimme in ihr war – so schien es mir – endlich zur Ruhe gekommen.

Öfter als sonst setzte sich Irene ans Fenster und skizzierte ein Leben, das weit über ihr eigenes hinausging. Was wird, kann aus unserem Kind werden? Wo wird es später leben? In der Stadt oder auf dem Land, auf einer Insel oder auf dem Festland? Und die Haarfarbe, das Aussehen?

Mit diesem fast einfältigen Spiel brachte sie für eine Zeitlang ihr Inneres zum Schweigen.

Ich bin nicht anders als diese überheblichen Mütter, die alles für ihre Kinder wollen, deren Ehrgeiz eher blockiert als befreit. Damit wird Kindern schon früh die Möglichkeit genommen, sich selbstständig zu entwickeln.

Wie werden wir uns mit unserem Kind unterhalten?, fragte ich sie.

Du sprichst mit ihm Griechisch und ich Deutsch, sagte Irene.

Und Lieder und Reime?

In zwei Sprachen natürlich.

Und wenn unser Kind stirbt, und wir diesen Schmerz aushalten müssen, ohne verrückt zu werden?, ergänzte Irene.

Warum sollte es sterben? Es wird gesund auf die Welt kommen, dem Leben genauso zugewandt wie wir beide.

Und wenn es behindert ist?

Irene überraschte mich. Ängste tauchten auf, die ich nicht bei ihr vermutet hätte.

Wir sollten das Thema wechseln, sagte ich und erzählte Geschichten von früher, die sie noch nicht kannte oder längst wieder vergessen hatte.

Da unsere Zweizimmerwohnung auf Dauer zu klein sein würde, so lange wir noch in Deutschland lebten, machten wir uns auf die Suche nach einer größeren Wohnung. Freunde halfen uns dabei. Es dauerte. Entweder war die Miete zu hoch oder das Stadtviertel sagte uns nicht zu. Oder die Wohnung war zu weit von unserem Arbeitsplatz entfernt. Wir bekamen viele Absagen. Nach drei Monaten hatten wir es geschafft.

Das neue Zuhause war ein Altbau mit Charme, die Parkettböden zwar abgewetzt und das Bad mit Gasheizung, dafür gab es große Fenster und schöne Holztüren, hohe Decken, einige sogar mit Stuckaturen. Ein Teil der Fenster zeigte nach Westen, der andere in den Osten. Welche Seite ist dir lieber?

Der Süden. Keine Sorge. Ich kann durch Mauern hindurchsehen.

So schlagfertig war Irene nicht immer. Ihre Liebe zu einem Land oder einem Menschen drückte sie mitunter in spröden oder kurzen Worten aus.

Wir gingen durch die noch leeren Räume, schritten voller Stolz unser zukünftiges Leben ab.

An den Spion werde ich mich nicht gewöhnen, sagte ich zu Irene, den Gast abtaxieren, dann erst auf den Türöffner drücken. In unserem Dorf ist das anders. Wer uns besuchen möchte, ist jederzeit willkommen. Unsere Türen sind offen. Am Tisch ist immer Platz genug, in unseren Herzen auch.

Mein Vorbild, sagte Irene spöttisch. Und wenn einer draußen steht, den wir nicht kennen? Und wenn einer über den Balkon klettert und unerwartet auf dem Sofa sitzt?

Bevor er sich gewaltsam Eintritt verschaffen will, werden wir ihm bereitwillig öffnen.

Wir begannen das Kinderzimmer einzurichten. Irene bestimmte. Sie hatte Geschmack, eine genaue Vorstellung davon, wie es aussehen sollte. Sie tastete immer wieder ihren Bauch ab, setzte sich zwischendurch auf einen Stuhl, war verträumt und selig.

Das Bettchen ans Fenster, helle Vorhänge, helle Möbel, wenig Spielzeug, die Natur bietet genug Anregung. Auf jeden Fall Bilderbücher.

Ich stand oft im noch leeren Kinderzimmer, glaubte, die ersten Worte unseres Kindes zu hören, sein erstes entzücktes Lachen. Hier wird es heranwachsen, wird zunächst den eigenen kleinen Kosmos kennenlernen, dann die Welt außerhalb unserer Wohnung. Es wird sich auf dem Spielplatz tummeln, Bäume einkreisen, neuen Lebensraum erproben. Menschen kennenlernen, eine Schule besuchen …

Ich dachte weit voraus und hatte Bedenken, dass alles nach Plan verlaufen würde.

Irene arbeitete bis zum Mutterschaftsurlaub im Reisebüro, las sich in schlaflosen Nächten durch andere Leben, meist schwierige, aus dem Takt gekommene, las mir Stellen vor, die sich heikel oder gefährlich, stur oder formlos anhörten.

Mit Büchern leben, sagte sie.

Das reicht nicht.

Nein, das reicht nicht, antwortete sie und fügte hinzu: Mit Kindern leben.

Ich war weiterhin als Kellner im selben griechischen Lokal tätig, längst routiniert und bei den Stammgästen beliebt.

Drei Tage vor der Geburt hatte Irene eine Panikattacke.

Es gelang mir nicht, sie zu trösten. Als es dann so weit war, sagte sie: Ruf ein Taxi! Es eilt.

Ich war der Meinung, wenn Kinder geboren werden, müsse der Himmel blau sein, müssten die Uhren still stehen, würde die ganze Welt daran teilnehmen an diesem außergewöhnlichen Ereignis.

Es nieselte, der Himmel war grau. Die Zeit drängte weiter. Menschen hasteten wie eh und je durch die Straßen und durch ihr Leben, ohne uns zur Kenntnis zu nehmen.

Auch in der Klinik war Irene nervös und überängstlich. Das Kind wollte nicht aus ihr heraus. Nach fünf Stunden war es so weit. Endlich!, sagte sie, als unser Kind den ersten Schrei getan hatte und ihr in den Arm gelegt wurde. Es ist schön, ergänzte sie, und drückte das Baby an sich: Es riecht nach Sonne und Meer, Salbei und Rosmarin. Mit ihm fängt etwas ganz von vorne an.

Eine kräftige Stimme, sagte ich. Er wird kaum zu bändigen sein. Wir suchten nicht lange nach einem Namen für unseren Sohn, nannten ihn, wie vorher vereinbart, Victor. Gut auszusprechen und für beide Länder akzeptabel, kommentierte Irene.

Ihre Freundin Marion saß neben ihr, erzählte von ihren eigenen Kindern, von dem Glück, sie heranwachsen zu sehen: Jeden Tag geschieht etwas Neues. Du musst nur mit wachen Sinnen dabei sein. Und wenn sie zum ersten Mal lächeln, vergisst du alle Mühe.

Nach zwei Wochen träumte Irene, dass sie sich mit Victor in einer Sprache verständigte, die keiner kannte, nur sie beide. Sie wachte erstaunt auf. Und wenn es so wäre?

Es war nicht so, ihre Wörter und Sätze waren wie immer, für jeden, der ihr zuhörte, klar und verständlich. Das enttäuschte sie. Es müsste anders sein, mehr Geheimnis in unserer Verbindung, mehr Innigkeit.

Wie war das damals bei dir, als du klein warst?, fragte sie mich.

Meine Mutter hat mir kaum etwas von den ersten Jahren erzählt. Es wurde überhaupt wenig geredet über das, was gewesen ist. Sie behielt das meiste für sich.

Es muss zwischen Mutter und Kind eine besondere Nähe geben, sagte Irene, eine einmalige Beziehung, dieses unzerreißbare Band.

Und wo ist mein Platz?

Nicht zwischen Victor und mir.

Als wir beide mit dem Kinderwagen in unserem Stadtviertel unterwegs waren und jeder das kleine Wunder bestaunen konnte, das ein eigenes Ich hatte, ein hübsches Gesicht, diesen unwiderstehlichen Charme, sagte Irene: Victor soll nicht allein aufwachsen.

An ein zweites Kind habe ich auch schon gedacht.

Wir umarmten uns auf der Straße, wünschten, dass alle teilnehmen sollten an unserer Freude.

Fußgänger und Autofahrer hatten keine Zeit für unsere Gefühle. Wer zu sehr mit sich selbst beschäftigt ist, ist für andere taub und blind.

Immer wieder gaben wir uns unnützen Zukunftsträumen hin, erschraken darüber und träumten trotzdem weiter.

Victor gedieh, sprach die ersten Worte, tastete die Dinge ab, kroch durch die Wohnung, lernte gehen und sprechen, weinte oder lachte, war geduldig, wenn ein Turm aus Bauklötzchen einfiel, und wenn er stolperte, rappelte er sich schnell wieder auf. Kleine Blessuren kümmerten ihn kaum. In seiner Beobachtung war er ausdauernd und gründlich. Ich lernte immer besser mit ihm umzugehen, hatte bisweilen mehr Verständnis als Irene.

Freunde besuchten uns, alles drehte sich nur mehr um dieses kleine, individuelle Wesen.

Wem sieht er ähnlich?

Wir stritten uns häufig darüber und schämten uns danach wegen unserer Eitelkeit.

Als Irene zum zweiten Mal schwanger wurde, waren wir beide ruhiger und besonnener. Ich wusste, dass auch bei der Geburt unseres Kindes die Welt nicht stillstehen würde, dass andere Eltern dieselben närrischen Gefühle hatten wie wir.

Katerina hatte es eilig, ans Licht zu kommen. Sie schrie, war krebsrot im Gesicht, saugte sich an der Brust ihrer Mutter fest, als wäre sie am Verhungern.

Kinder wachsen ohne großes Zutun der Eltern in ihr eigenes Leben hinein, lernen, sich zu wehren oder sich anzupassen, zu unterscheiden zwischen dem, was ihnen gut tut und dem, was ihnen schadet.

Katerina und Victor, das wussten wir, würden sich Schritt für Schritt die Welt erobern, und wir würden sie lediglich dabei begleiten.

Von Erziehungsratschlägen hielt Irene wenig.

Jede Mutter weiß selbst, sagte sie, was richtig oder falsch ist, schädlich oder nützlich. Es kommt auf den Charakter des Kindes an und auf den eigenen Instinkt.

Die ersten Jahre mit Katerina und Victor waren am intensivsten. Irene hatte die Gabe, mit ihnen Spiele zu erfinden, sie sinnvoll zu beschäftigen, ihnen die Freude am Leben zu vermitteln.

Sie handelte schnell und präzise, wenn das Knie abgeschürft, eine Wunde geplatzt, ein Zahn ausgefallen war. Ihre Stimme wurde zur Melodie, ihr Gesicht sanft, ihre Gestik ausgeglichen und maßvoll.

In einem Bildband zeigte sie den beiden ferne Länder, sprach darüber mit einer Anschaulichkeit, als wäre sie selbst schon dort gewesen. Vielleicht hat sie damit in Katerina die Sehnsucht nach der Fremde geweckt. Weiter, Mama, sagte sie oft, erzähl' weiter! Und Irene erfand immer neue Geschichten, schmückte sie aus, war selber voller Begeisterung.

Manchmal vermisse ich das Reisebüro, sagte sie zwischendurch, wenn die Kinder ohne sie auskamen oder mit den Nachbarkindern spielten. Ich hätte nicht so lange pausieren dürfen.

Du meinst, das Paradies für andere?

Ein Paradies gibt es nicht, hat es nie gegeben.

Als Katerina und Victor im Kindergarten untergebracht waren, begann Irene wieder im Reisebüro zu arbeiten. Und ich flog regelmäßig in mein griechisches Dorf.

Beim Bau unserer Wohnanlage halfen alle mit, die wir kannten: Verwandte, Freunde, Bekannte, Nachbarn.

Sie nahm langsam Form an. Ein Cousin meines Vaters machte die elektrischen Installationen, ein Freund von mir fügte die Fenster und Türen ein, die Böden legte ich selber.

Bei der Ausstattung der einzelnen Zimmer wollte Irene das entscheidende Wort sprechen.

Schlichte, aber solide Möbel, sagte sie, gute Küchengeräte, wenig Bilder. Die Gäste brauchen leere Wände, damit ihre Urlaubsträume Platz finden können auf dem blanken Weiß. Harte Matratzen, eine schöne Bettwäsche, keine großblumige, auch keine gestreifte.

Ich suchte in Einrichtungshäusern nach günstigen Angeboten, wollte dafür wenig Zeit verwenden.

Sobald die Zimmer eingerichtet waren, habe ich mich nach Liegestühlen und Tischen im Freien umgesehen. Ich habe Pfade angelegt, die Ränder mit Steinen eingesäumt, Bäumchen und Sträucher gepflanzt. Auch die Palme, die mittlerweile weit über die Dächer hinausgewachsen ist. Sie ist so alt wie mein Sohn. Nur die Olivenbäume waren schon vorher da.

Ich schickte Irene Bilder von den baulichen Fortschritten, wollte in allem ihr Einverständnis. Wir konnten es kaum erwarten bis zur Eröffnung.

Es wird Zeit, langsam Abschied zu nehmen, sagte Irene einige Monate vor unserem Umzug nach Griechenland. Ich verändere mich, auch die Dinge verändern sich.

Du kannst einpacken, was dir wichtig ist.

Längst nicht alles. Menschen, die für mich von Bedeutung waren, werde ich zurücklassen müssen. Es gab Freunde, die mich stark und mutig gemacht haben, mir in Zeiten der

Orientierungslosigkeit den Weg gewiesen oder mich vor großen Fehlern bewahrt haben.

Sie hatte Tränen in den Augen.

Du wirst neue Freunde finden.

Du weißt selbst, wie schwer das ist, und wie lange es dauern kann, jemandem Vertrauen zu schenken. Menschen, die mich gekränkt haben, möchte ich vergessen. Das wird mir vermutlich nicht ganz gelingen.

Sie begann damit, Schubladen auszuräumen, betrachtete die einzelnen Gegenstände, tastete sie ab, prüfte sie nach ihrer Beständigkeit und ihrem Wert, sortierte das, was sie vorfand in *mitnehmen, nicht mitnehmen, noch unentschieden.*

Das kann Tage dauern, sagte ich.

Oder Wochen, an vielen Gegenständen hängen kostbare Erinnerungen.

Die Fotoalben sind mir persönlich sehr wichtig, betonte ich, eine Art Lebenschronik, die nicht verloren gehen darf.

Schachteln füllten sich, wurden zugeschnürt und in die Kammer gestellt.

Es könnte sonst sein, dass ich noch einmal von vorne beginne, sagte Irene.

Victor war pragmatisch, beschränkte sich auf einen Experimentierkasten und zwei Bücher.

Als Katerina gefragt wurde, was sie mitnehmen wolle, sagte sie: Alles. Unmöglich, sagte ich, du musst dich entscheiden. Alles, wiederholte sie trotzig. Das bedeutete unnützer Kinderkram, auch Kleidung, aus der sie längst hinausgewachsen war.

Unser Abschied von Deutschland war ohne jede Rührseligkeit. Wir hatten vorher Zeit genug gehabt, vertraute Plätze und Straßen ein letztes Mal einzukreisen. Freunde brachten Geschenke, erteilten nützliche oder unnütze Ratschläge, versprachen, uns bald zu besuchen. Einige hatten Tränen in den Augen. Wir verkauften oder verschenkten das, was wir nicht mitnehmen konnten und wollten.

Victor und Katerina waren trotz der Trennung von Freunden und alten Gewohnheiten neugierig auf das, was sie erwarten würde.

Unser Leben in Griechenland pendelte sich langsam ein. Es gab Tage der Trauer über das, was Irene und die Kinder vermissten, aber auch Tage, in denen sie mit wachen Sinnen erlebten, was sie nicht kannten, aber kennenlernen wollten.

Victor und Katerina spielten stundenlang am Meer oder halfen im Garten der Großeltern mit, ohne sich zu langweilen. Sie suchten nach Versteckplätzen, eroberten sich in Kürze die Nachbarschaft, das Dorf. Sie wurden herumgereicht, verwöhnt, beschenkt. Jota erzählte ihnen Geschichten von früher, Aristide sah die beiden wortlos an, und wenn er versuchte, Katerina vorsichtig über die Schulter zu streichen, wehrte sie ab, wie sie alles abwehrte, was ihr zu nahe kam.

Beide hatten sich schnell an den Schulalltag gewöhnt, Freunde gewonnen. Sie sammelten Dinge ein, die wertvoll oder nutzlos waren, phantasierten sich in den Tag hinein, lebten, stritten sich, waren aufeinander eifersüchtig. Begannen damit, Bücher auf Griechisch zu lesen. Katerina war schneller und flüchtiger, Victor langsamer, dafür aber gründlicher. Sie unterhielten sich abwechselnd auf Deutsch und Griechisch.

Victor hielt sich gern auf Baustellen auf, beobachtete die Arbeiter, leistete kleine Hilfsdienste, amüsierte sich, lebte schon sehr früh sein eigenes Leben.

Katerina war manchmal anlehnungsbedürftig, dann wieder voller Widerstand. Sie streunte viel herum, unterhielt sich mit jedem, der sich für sie Zeit nahm, entwickelte die seltene Gabe, sich immer wieder in den Mittelpunkt zu rücken, ritualisierte ihr eigenes Leben. Es gelang ihr fast immer, das zu bekommen, was sie wollte, wonach ihr der Sinn stand. Sie war unordentlich, stolperte über ihre Kleidung, interessierte sich für Gäste, die von weither kamen und den Geruch der Fremde an sich trugen. Zu Tieren hatte sie eine ganz besondere Beziehung.

Ein schwieriger Charakter, sagte Irene häufig.

Eigenwillig, präzisierte ich, sie wird auch später alles durchsetzen, was sie will.

Und dann war dieser merkwürdige Tag, als Katerina wie üblich durch das Dorf geschlendert und bei Dunkelheit noch nicht zurückgekommen war.

Sie hat sich irgendwo versteckt, alberten wir. Dann bekamen wir doch Angst. Wir suchten sie überall, riefen, schmeichelten, liebkosten sie mit unseren Worten. Dorfbewohner halfen mit, fanden komische, zum Teil beleidigende Erklärungen: Sie hat sich als Badenixe zu weit ins Wasser gewagt, ist mit einem Fremden mitgegangen, zuzutrauen ist ihr einiges.

Es war einfacher, als wir dachten. Sie war unter das Boot gekrochen, das schon lange kieloben am Strand lag. Wir waren ein paar Mal daran vorbeigegangen, und als eine Nachbarin sie entdeckte, unser wildes ungezügeltes Menschenkind, kam sie auf allen Vieren daraus hervor, gekränkt und feindselig. Wir hatten ihr einen Traum genommen, den sie sich irgendwann wieder zurückholen würde.

Weder Irene noch ich machten ihr Vorwürfe, wir nahmen sie wie eine Verlorene und Wiedergefundene in den Arm. Sie entzog sich uns und verschwand wortlos in ihrem Zimmer.

Es war ein Sich-verstecken, ohne gefunden werden zu wollen. Noch nicht endgültig, eher kindlich und unausgereift. Etwas deutete sich an, das wir nicht kannten, das uns aber Angst machte. Später würde sich Katerina nicht mehr finden lassen, das wussten wir.

Du bist eine richtige Griechin, sagte meine Mutter, als sie im Garten ein Beet umgrub und Katerina ihr dabei zusah.

Ich bin halb Griechin, halb Deutsche. Von meinen Eltern habe ich nur die negativen Eigenschaften geerbt.

Sie sah uns häufig vorwurfsvoll an, als wären wir ihr etwas Wesentliches schuldig geblieben. Vielleicht ist es tatsächlich so, dass Eltern ihren Kindern immer etwas schuldig bleiben. Sie können sich noch so anstrengen.

Im Frühjahr fing Katerina damit an, mit ihrem Fahrrad ins nächste Dorf zu fahren. Ihre Touren wurden immer ausgedehnter. Und wenn wir sie fragten, was sie damit bezwecke, schwieg sie. Wir ahnten, dass sie irgendwann weggehen würde. Für immer.

Mein Vater nahm Victor häufig mit zum Angeln. Unser Sohn konnte zuhören und kluge Fragen stellen, das Gleichgewicht halten, wenn er im schaukelnden Boot stand. Er interessierte sich für alles, was sich unter Wasser oder auf dem Land bewegte.

Als die Außenanlage fertig war, begannen wir mit Entwürfen für die Werbung. Ein Freund half uns dabei. Es dauerte, bis wir drei damit gänzlich zufrieden waren.

Ich erinnere mich noch sehr genau an die ersten Anmeldungen, unsere ersten Gäste. Irene und ich waren sehr nervös, gingen noch einmal durch die Appartements. Es war ein griechisches Ehepaar vom Festland, schon etwas älter, dezent, fast scheu. Es stellte nur wenige Fragen, wollte die meiste Zeit allein sein.

Dann eine junge Frau aus Frankreich, die, so schien es, zufällig in unserem Dorf gelandet war und nicht so recht wusste, was sie hier sollte. Zuletzt kam ein alleinstehender Rentner, der die halbe Welt gesehen hatte und sich im Alter mit kleineren Reisen begnügte.

Wir umsorgten sie, ließen nichts unversucht, mit ihnen zu reden oder sie auf lohnenswerte Ziele hinzuweisen. Der Rentner erzählte gern und ausführlich von seinen früheren Reisen, die junge Frau blieb uns ein Rätsel, das griechische Paar ließ sich nur selten auf ein Gespräch ein.

Im Laufe der Wochen und Monate sammelten wir unsere Erfahrungen und teilten die Gäste ein in *zurückhaltend, sorgfältig, unauffällig,* andere wieder ordneten wir den Kategorien *nachlässig* und *arrogant* zu. Wir lernten absonderliche und einfache Menschen kennen, jene mit Grundsätzen oder einer scharfen Beobachtungsgabe, mit hohen Ansprüchen oder innerer Zufriedenheit.

Irene verstand es, mit jedem von ihnen richtig umzugehen. Sie passte sich den Wünschen oder Vorstellungen der Gäste an, war neugierig auf ihr Leben, ihre Daseinsweise und freute sich, wenn unser Dorf als das schönste und eigenwilligste gelobt wurde.

Unsere Besuche bei meinen Eltern waren selten. Wir mussten, wollten da sein für unsere Gäste. Mutter kam fast täglich, ohne lange zu bleiben. Mein Vater hielt Abstand. Fremde mochte er nicht, Irene war für ihn die große Ausnahme. Meine Mutter kümmerte sich die meiste Zeit um Victor und Katerina. Ließ sie teilhaben an ihrem Leben, beantwortete geduldig ihre Fragen.

Irene lernte mein Land lieben. Sie bevorzugte nach wie vor das Alte, Ruinöse, den Verfall, konnte lange stehen bleiben vor nicht mehr bewohnten Häusern, vor rostigen Drahtzäunen, Stühlen mit kaputter Sitzfläche, nutzlos gewordenen Geräten oder leeren Ziegenställen.

Manche Häuser, sagte sie, wenn sie von einem längeren Spaziergang durch das Dorf zurückkam, haben keine Ausstrahlung. Die Wände sind düster und farblos, die Fenster blind. Übertriebene Ordnung und Sauberkeit verstärken diesen Eindruck. Dann wieder gibt es Häuser, die mit Leichtigkeit geschmückt sind, die eine wohltuende Ausstrahlung haben. Bei denen alles bunt und kraftvoll wirkt. Es gibt auch Häuser, die sich abgrenzen vom Himmel und andere, die mit ihm verbunden sind.

Und unser Haus?

Manchmal ist es direkt mit dem Himmel verbunden.

Sie liebte das Meer, unsere Ikonen, Bäume und Sträucher. Bars und Tavernen. Menschen und Tiere.

Sie liebte auch Regentage.

Eine Wand, die sich unvermutet auftut, sagte sie, wenn es nicht mehr aufhören wollte zu regnen, die Welt ist dann undurchdringlich und still. Es gibt keine Gerüche, keine Vogelstimmen, keinen Windhauch. Und was sich dahinter verbirgt, ist geheimnisvoll und verschwommen, vielleicht auch trügerisch.

Ich vermisse den Schnee, sagte sie jeden Winter mit einem melancholischen Unterton. Ich möchte die Kristalle auf der Handfläche schmelzen sehen. Ich möchte beobachten, wenn die Flocken lautlos vom Himmel fallen. Wir haben als Kinder Schnee-Engel gemacht. Kennst du das? Du legst dich mit ausgebreiteten Armen in den Schnee und hinterlässt einen Abdruck wie ein Engel.

Du bist einer mit gestutzten Flügeln, antwortete ich und fügte unvermittelt die Frage an: Welchen Sinn hat für dich das Wort Gott?

Es hat für mich seinen Charme verloren, antwortete sie.

Dann solltest du ihn wieder zurückgewinnen.

Das ist nicht möglich.

Es gab Tage, die uns fast den Atem raubten, so gelungen waren sie, so unanfechtbar, dass wir uns für unsterblich hielten. Dann wieder gab es Tage ohne Höhepunkte, die sich dunkel und gefährlich eng aneinanderreihten.

Wenn der Himmel makellos blau war und das Meer ohne jede Bewegung, kam Heimweh über Irene wie ein Schüttelfrost. Sie stand vor mir, verzweifelt, Tränen in den Augen und die Hände zu Fäusten geballt.

Ich halte die Ereignislosigkeit nicht mehr aus. Langweilige Gäste, die immer nur Banalitäten von sich geben, dann und wann ein Besuch, ein nichtssagendes Gespräch im Supermarkt, kochen, essen, schlafen, die Hausaufgaben von Katerina und Victor kontrollieren und immer wieder Wellen, die über mich hinwegrollen.

Das Dasein in einem Dorf, klagte sie, bedeutet, eingekreist und umlagert zu sein. Alles ist überschaubar. Jeder beobachtet jeden, kommentiert auch das, was ohne jeden Wert ist. Wir sind fast ständig umgeben von deiner ganzen Sippschaft, von Tanten, Onkeln, Cousins und Cousinen, Neffen und Nichten.

Sie fing überraschenderweise damit an, öfter als sonst durch das Dorf zu gehen, wollte sich mit den Einheimischen unterhalten, auch wenn es sich nur um Alltäglichkeiten handelte, gab, wenn sie gefragt wurde, gerne Auskunft, ohne geschwätzig zu sein, stellte selbst auch Fragen, die jeder bereitwillig beantwortete, nahm teil an dem, was jeden Einzelnen beschäftigte oder bedrängte.

Einmal in der Woche ging sie ins Café, freundete sich mit Frauen an, die selber Kinder hatten. Sie suchte nach Vertrautheit, nach Worten und einer Freundlichkeit von denen, für die sie teilweise immer noch eine Fremde war und vielleicht auch bleiben würde.

Ihre Lieblingstaverne gehörte einem entfernten Verwandten, der vor ein paar Jahren in den Ort gezogen war. Wenn Irene gut gelaunt war, kritzelte sie kleine Zeichnungen oder Sätze auf die Papiertischdecke. Er quittierte sie mit einem Lächeln. Manchmal fügte er noch einen Satz dazu, lobte sie, wie fehlerfrei sie schreiben könne, stellte Ouzo auf den Tisch, trank auf ihr und sein Wohl. Mitunter war er fast zu vertrauensselig, sah er Irene viel zu lange an. Sie ließ es sich gefallen, flirtete mit ihm oder mit anderen Männern, die sich dort aufhielten.

Lass mir diese harmlosen Freuden, sagte sie, wenn ich eifersüchtig darauf reagierte.

Ich erinnere mich noch an den Tag, als Irene ohne jeden Zusammenhang sagte: Ich geh wieder zurück, ich kann nicht hier bleiben. Mein Glück ist nur geliehen.

Ich habe nicht verstanden, was sie meinte, nahm sie in meine Arme, ließ sie weinen, erzählte Nebensächlichkeiten, überredete sie dazu, sich Zeit zu geben für diesen Entschluss.

Ich will, dass meine Mutter die Entwicklung unserer Kinder miterlebt. Sie kann mir wertvolle Ratschläge geben, mir helfen, wenn ich nicht mehr weiter weiß. Außerdem sollen sie nicht ohne ihre Oma aufwachsen.

Ich hatte Mühe, sie davon abzubringen,

Deine Mutter hat genug mit sich selber zu tun.

Sie wird dadurch noch einmal jung.

Der Koffer war schon gepackt. Victor und Katerina hatten sich längst in Griechenland eingewöhnt.

Wir wollen nicht fort, sagte Katerina. Es ist schön hier, wir haben Freunde, und bei den Großeltern in Deutschland gibt es kein Meer. Und …

Hör auf damit, ich will nichts davon hören.

Victor zog sich zurück, experimentierte und forschte, wollte vieles im Detail wissen, fuhr mit Aristide zum Angeln, oder er ging mit ihm in den Olivenhain.

In einer Woche, sagte Irene bestimmt.

Und wenn du zwei Wochen wartest?

Aus Wochen wurden Monate, zuletzt Jahre.

Nur ein einziges Mal ist sie allein nach Deutschland geflogen. Ich hatte Sorge, sie würde nicht mehr zurückkommen, uns im Stich lassen und vergessen.

Als sie im Flugzeug saß, unter sich Landschaften und Seen, Fahrzeuge und Menschen, Hügel und Straßen, dachte sie: Die Kilometer wachsen, meine Entfernung von Spiros und den Kindern auch. Ich verliere mich in meinen eigenen Träumen.

Ich werde scheitern.

Vater trug einen alten Pullover und eine abgewetzte Hose. Er saß desinteressiert vor dem Fernsehgerät, war kaum ansprechbar.

Was ist nur aus dir geworden?

Das Alter verändert, sagte er. Das geht fast jedem so.

Ich habe für das Räderwerk keine sicheren Hände mehr. Die Zeit rutscht zwischen meinen Fingern hindurch. Ich zittere.

Seine frühere Maßlosigkeit rächte sich. Er war ein stattlicher Mann gewesen, dieses Verführerische in den Augen, dem Frauen nicht widerstehen konnten, war in ihm erloschen.

Warum bist du ohne deine Familie gekommen?, fragte ihre Mutter und sah sie irritiert an.

Wege in die Vergangenheit musst du allein gehen, auch schweigsam, dann findest du manches, was du wieder entdecken möchtest, um es dann ganz zu vergessen.

Auch du hast dich verändert. Du sprichst anders, du denkst anders. Du bist eine andere.

Ich bin noch immer dieselbe, und trotzdem eine andere. Griechenland hat mich zu dem gemacht, was ich jetzt bin.

Irene schlief im Kinderzimmer, das ihre Mutter längst zu einem aparten Gästezimmer umgestaltet hatte.

Und mein Spielzeug und meine Zeichnungen? Meine Bücher?

Der ganze Kleinkram? Hätte ich alles aufbewahren sollen?

Nein, natürlich nicht.

Bei ihren Spaziergängen durch die Stadt stellte Irene beruhigt fest, dass ihr die Atmosphäre noch immer vertraut war, trotz mancher Modernisierung und oft unangemessener Anpassung an die neue Zeit. Sie blieb immer wieder stehen, horchte hinein in das, was standgehalten hatte, hörte Stimmen von einst, herrisch und diszipliniert, heiter und rhythmisch.

Das Thema Erziehung führte schnell zu einem Streit mit ihrer Mutter.

Wir heutigen Mütter sind anders: aufgeregter, ständig in Verteidigungsposition. Ich weiß, wir überschätzen unsere Fähigkeiten, tauschen Erfahrungen aus, die überzogen sind. Wollen klüger sein als die Generationen vor uns und machen stattdessen andere Fehler.

Als ich klein war, sagte die Mutter, besaßen die Erwachsenen den Kindern gegenüber ein hohes Maß an Gleichgültigkeit. Meine Eltern pflegten einen fast groben Umgang mit uns Kindern, die überall nur ein Hindernis waren und so bald wie möglich zur Arbeit erzogen werden sollten.

Was habe ich für Kinderkrankheiten gehabt?, fragte Irene am nächsten Morgen ihre Mutter.

Die üblichen: Masern, Scharlach, immer wieder Husten, zum Teil hohes Fieber. Ich habe mich meist auf Hausmittel beschränkt, und wenn es gar nicht mehr anders ging, bin ich zum Arzt gegangen. Es dauerte, bis du alle Kinderkrankheiten überstanden hattest.

Als Irene erneut durch die Stadt schlenderte, dachte sie: Meine Gedanken bewegen sich nicht mehr in freien Bahnen, sie wiederholen sich, sind nutzlos und gefährlich.

Sie ging in eine Buchhandlung, stöberte lange in den Regalen, las den Klappentext und die ersten Seiten einzelner Romane, versank kurz im Leben der Protagonisten, unterhielt sich mit dem Buchhändler über Lesegewohnheiten, darüber, ob junge Leute überhaupt noch lesen wollten oder konnten.

Bei mir ist es so, sagte sie: Wenn ich ein Buch in die Hand nehme, das ich vor Jahren gelesen habe, freue ich mich, dass die Wörter standgehalten haben, die Weisheit sich bewährt hat, dass manche Aussagen nicht fragwürdig geworden sind, dass immer noch die Zeit in ihnen atmet.

Und warum sind Sie nicht Buchhändlerin geworden?

Bücher lesen ja, sie verkaufen nein. Da wird das Buch eine Ware. Obwohl …

Sie zögerte. Natürlich hätte es einen Sinn, den Käufer zu guten Büchern hinzuführen.

Und für einen kurzen, gefährlichen Moment war in ihr der kindische Wunsch, in ihrer Heimatstadt zu bleiben, sich eine Stelle als Buchhändlerin zu suchen, das zurückzulassen, was ihr längst vertraut war, um ohne ein Gestern neu anzufangen.

Sie kaufte ein Buch, das sie nicht interessierte, zahlte und flüchtete ohne Gruß nach draußen, als wäre jemand hinter ihr her.

Die Tage vergingen damit, dass sie sich mit Freundinnen und ehemaligen Schulkameradinnen traf. Sie merkte, dass jede von ihnen sich in eine andere Richtung entwickelt hatte, dass deren Interessen sich von den eigenen unterschieden, sie kaum mehr als Floskeln austauschten.

Nach einer Woche sagte sie zu ihren Eltern:

Ich gehöre nicht mehr in diese Stadt, in der ich geboren bin. Ich gehöre nach Griechenland, auch meine Kinder haben dort längst ihr Zuhause gefunden.

Als Irene endlich zurückgekommen war und besonnen durch das Haus und durch unsere Anlage ging, sagte sie: Alle Dinge, die ich liebe, finde ich hier. Meine Worte haben ein anderes Gewicht und eine tiefere Bedeutung. Hier habe ich gefunden, was mir bisher fehlte, sogar die alten Götter in ihrer ganzen Durchtriebenheit und ihrem Größenwahn. Ich kann bleiben, bin längst hier verwurzelt. Ich werde jeden Sturm überstehen und jede Laune, jede Kokettterie und jede Zügellosigkeit. Mein altes Leben ist in mein neues übergegangen, ohne dass ich einen allzu großen Sprung machen musste oder eine einzige gefährliche Bewegung.

Vielleicht hatte sich Irene zuerst in das Meer verliebt und dann erst in mich.

Sie fand dafür immer neue Sätze und Wörter, sie sagte: Das Meer schreit, seufzt, säuselt, tobt, erhebt sich, fällt wieder in sich zusammen, feiert Auferstehung, wenn der Ausdruck dafür nicht unpassend ist. Und wenn es hineinregnet, fallen die Tropfen in ihrer ganzen Schwere auf die Oberfläche, in diese silberne Endlichkeit.

Sie zeigte Interesse an seinen Geheimnissen, seinen Untiefen, an Klippen und steilen Felsküsten.

Obwohl ich am Meer aufgewachsen bin, schwamm sie besser als ich. Das Wasser teilte sich gefügig wie das Rote Meer. Kein Wunder, das nicht. Ich habe viel zu viel in sie hineingesehen und hineingewünscht, sie damit überfordert.

Im Wasser leben, sagte sie einmal, als ein Fisch, eine Alge, eine Muschel. Untersteh dich, sagte ich scherzhaft zu ihr.

Irene liebte auch den Wind, sah dabei zu, wie er das Meer erregte, es aufpeitschte, zärtlich oder brutal darüber strich, es manchmal auch besänftigte.

Unterwegs sein, sagte sie, laufen, auch in Gedanken unterwegs sein, nicht stillhalten. In der Stadt gibt es viel zu viel Lärm und zu viele grelle Farben. Hier sind es weniger. Das beruhigt, die Geschehnisse lassen sich leichter ein- und unterordnen.

Nachdem sie mehrere griechische, auch deutsche Frauen kennengelernt hatte, gründete sie einen Frauenkreis.

Wir könnten unterschiedlicher nicht sein, erzählte sie mir begeistert: einfältig die einen, andere klug, besessen von immer neuen Vorschlägen, auch vorlaut. Manche geschwätzig. Ob die Gruppe sich auf Dauer halten wird, muss sich erst herausstellen.

Und wer gibt im Allgemeinen den Ton an?

Sie gab mir keine Antwort.

An Sonntagen gingen wir meist in ein Bergdorf, wo die Alten noch genügend Platz haben, wo sie ihre Vergangenheit und ihre Sehnsucht ausbreiten können, wo Glocken noch zur Ruhe mahnen, wo Olivenbäume einen milden Schatten werfen, Kinder weinen und toben dürfen, wo geheime Treffpunkte für Jugendliche geduldet werden, der tägliche Klatsch zum Leben gehört wie die Luft zum Atmen.

Am Ortsrand war eine Kapelle, die nach dem Propheten Elias benannt war. Mein Zentrum, sagte Irene jedes Mal, mein heiliger Bezirk. Hier bin ich unangreifbar.

Wenn sich Irene in einer orthodoxen Kirche befand, veränderten sich ihre Haltung und ihr Gesichtsausdruck. Sie murmelte Gebete vor sich hin, zündete Kerzen an für jene, die sie zurückgelassen hatte und nicht vergessen konnte, aber auch für ihre Kinder und die Schwiegereltern.

Selbst wenn unsere Ehe einigermaßen zufriedenstellend war, weil wir uns meist in der Mitte treffen konnten, führten manche Gespräche nirgendwohin, ins Abseits, obwohl sie in die Helligkeit hätten führen können. Wir haben uns immer wieder gedanklich verirrt, waren verbissen in etwas, was weder eine Hommage auf unser Leben noch auf das der anderen sein konnte. Wir fanden jedoch immer wieder heraus, feierten auch die kleinen, oft unbedeutenden Siege.

Irenes Annäherung an die Dorfleute war direkt und unbeschwert. Sie ging auf jeden zu, teilte die Bewohner ein in *schrullig, liebenswert, prahlerisch, heuchlerisch, ehrlich.* Sie konnte in Gesichtern lesen, manchmal sogar geheimste Gedanken erraten.

Ich wunderte mich, wie treffsicher sie dabei war. Sie interessierte sich mehr für das, was hinter der Fassade steckte, hinter lauten Worten oder allzu gefälligen Gesten.

Wir gewöhnten uns an unsere Gäste, als würden sie zur Familie gehören, begrüßten und verabschiedeten sie, erteilten, wenn danach gefragt wurde, ab und zu einen Rat oder einen diskreten Hinweis, welche Sehenswürdigkeiten problemlos zu erreichen waren, welcher Strand nahezu unberührt war.

Wir führten sie durch den Garten, deuteten auf den Rosmarinstrauch, den Eukalyptusbaum, die Weinreben.

Die Zimmer reinigte Irene anfangs selber, dann fand sie eine junge Frau, die schon seit fünfzehn Jahren in Griechenland lebte und ihr in Zeiten half, wenn alle Appartements belegt waren.

In der Ecke unseres Wohnzimmers stand seit Jahren ein altes Klavier. Und jedes Mal, wenn sich Irene davorsetzte, um griechische Lieder zu spielen, wusste ich, dass es ihr gut ging.

Phasen der Leichtigkeit lösten sich ab mit einer Schwere, die darauf zurückzuführen war, dass die Vergangenheit für sie nicht wirklich vergangen war.

Wenn Zeit blieb, schrieb sie lange Briefe, ohne dass ich sie lesen durfte. Und wenn sie einen bekam, las sie ihn und steckte ihn fast verstohlen in eine Schublade.

Als ich Irene kennenlernte, trug sie vermutlich schon den Krankheitskeim in sich. Der Keim steckt viel früher in uns, als wir es selbst ahnen. Er wächst ständig, wuchert in das Gesunde hinein, zerstört langsam aber gründlich das, was wir zusammenhalten wollen. Wo wäre sonst ihre Müdigkeit hergekommen, ihre Unlust, ihr Tiefsinn?

Die jungen Jahre verleiten normalerweise zum Leichtsinn, dazu, an der Oberfläche zu bleiben, mit den Stunden zu kokettieren, als würden sie sich endlos aneinanderreihen. Bei ihr war es anders. Ihre ständige Angst, die Kinder müssten ohne sie groß werden, diese Hast, ein Glas Wein zu trinken, als wäre es das letzte, oder Dinge zu erledigen, für die später auch noch Zeit geblieben wäre. Dieses Hineinhorchen, wenn über ein Unglück oder eine frevelhafte Tat gesprochen wurde. Die schweigsamen Phasen wechselten ab mit übertriebener Redseligkeit, diesem Drang, alles sofort mitteilen zu wollen, was sie sah oder fühlte.

Bei den Dorfleuten gelte ich als penibel und kleinkrämerisch. Ich gestikuliere beim Reden gerne ins Blaue hinein, setze Punkte an den Horizont, markiere damit mein bisheriges Leben. Meine Ehe? Absurd, lächerlich, großartig, verwirrend.

Und wenn ich gefragt werde, nach dem, was gewesen ist, gebe ich mich selbstbewusst und höchst zufrieden.

Wir haben es geschafft, zwei Nationen zusammenzuführen, uns in zwei Sprachen zu verständigen, unsere Kinder gut auf das Leben vorzubereiten.

Was bleibt? Diese uralte philosophische Frage: nicht viel, im Höchstfall Erinnerungen, die unaufdringlich geworden sind, mir nicht mehr den Atem rauben, mich nicht mehr daran hindern, mir ohne Scham eine Zukunft ohne Irene auszudenken.

Ich werde mir ein Essen zubereiten. Der Kühlschrank ist fast leer. Ich habe nur mehr einen geringen Vorrat an Lebensmitteln.

Der Himmel zeigt für Momente ein intensives, heimtückisches Blau. Wolken jagen sich, Bäume und Sträucher schütteln unwillig die Tropfen ab. Fernsehberichten zufolge stehen Dörfer unter Wasser, hat es Brücken weggerissen und Autofahrer zum Anhalten gezwungen, Straßen sind überflutet, Dächer abgedeckt.

Die Gäste kommen aus ihren Wohnungen, kaufen ein, gehen hinunter an den Strand, scheuen sich nicht, durch den Schlamm zu stapfen, scherzen, glauben daran, dass eine lange Schönwetterperiode einsetzen und sie für alles entschädigen wird.

Eleni steht unerwartet vor meiner Tür. Ihr Gesicht ist wie eine verwüstete Landschaft. Wo habe ich das einmal gelesen? Jeder bekommt im Alter das Gesicht, das er verdient. Sie erzählt die immer selbe Geschichte, die jeder im Dorf kennt und die trotz allem ihren Glanz nicht verloren hat.

Mein Mann, sagt sie und setzt sich auf einen der Stühle, war ein hervorragender Tänzer, und manchmal war er so verwegen, dass er sogar auf einen Tisch stieg, um anderen zu zeigen, was er konnte. Die Gäste klatschten, und er genoss deren Bewunderung. Wer hätte je daran gedacht, dass sein Herz in dem Moment aussetzen würde, als er übermütig auf seine Schenkel schlug, ein paar gewagte Tanzschritte machte, selbstsicher und elegant? Alte Geschichten, ich weiß, für mich bleiben sie Gegenwart. Wenn einer mitten herausgerissen wird aus seinem Alltag, aus Fantastereien und seiner Eitelkeit, dann lässt sich das auch nicht vergessen. Ich geh wieder.

Unsere beiden Kinder sind schnell selbstständig geworden. Wir konnten ihnen vertrauen, sie relativ früh ihre eigenen Wege gehen lassen. Irene bohrte manchmal nach, was sie alles gemacht und wo sie sich herumgetrieben hätten. Ich ließ sie, das habe ich von meiner Mutter gelernt.

Es gibt nichts, was mir Angst macht, sagte Irene einmal, weder der Himmel noch die Wellen, noch unsere Zukunft.

Sie sah an mir vorbei. Ich konnte sie nicht erreichen. Und manchmal, wenn ich sie berührte, geriet sie schnell in eine Art Erregung. Du triffst mich im Innersten, sagte sie dann und war kurz eine andere.

Da wir im Winter keine Gäste zu betreuen hatten, fuhr ich täglich in die nächstgelegene Stadt und arbeitete dort als Kellner. Manchmal half ich auch in der Küche. Michalis, der Chef, wollte mich behalten.

Du bist schnell und umsichtig, sagte er, ich biete dir ein gutes Gehalt, wenn du das ganze Jahr über bleibst.

Für die Wintermonate ja, im Sommer nicht. Da gibt es auch bei uns viel zu tun. Wir sind ausgelastet.

Michalis hatte rasch erkannt, was Touristen bevorzugen, hatte selbst lange im Ausland gelebt und immer einen

Witz parat, wenn das Essen doch nicht so schmeckte und laut darüber gemeckert wurde. Junge Frauen sah er gern, berührte sie möglichst unauffällig an der Schulter, oder er strich rasch über ihre Wangen. Seine Frau war pragmatisch, von fast dumpfer Ergebenheit. Soll er, sagte sie, ein paar Streicheleinheiten braucht jede Frau. Woher sie ihre Streicheleinheiten bezog, habe ich nicht erfahren.

Ich verdiente genügend Geld, und Irene begann, als die Kinder aus dem Haus waren, Nachhilfe in Deutsch zu geben.

Wir hatten mittlerweile unsere Lieblingsplätze und -orte. Wenn wir uns mehr Zeit nehmen wollten als sonst, gingen wir durch die Schlucht.

Ich lebe von Bildern, sagte Irene, die ohne Unterbrechung in meinem Inneren entstehen, mich nicht zur Ruhe kommen lassen, auch dann nicht, wenn ich sie gewaltsam vertreibe. Manche Landschaft wirkt wie erfunden, so schön ist sie, ergänzte sie.

Sie deutete auf Zypressen, die aufrecht wuchsen, auf Hügel, die mit Blumen übersät waren, auf seltene Gesteinsbildungen oder schroffe Abhänge.

Wir sprachen über den Anfang unserer Beziehung, über Ereignisse in meiner Verwandtschaft, die fast tragisch zu nennen waren, oder über Dorfbewohner, die stur und rechthaberisch sein konnten und nicht immer schmeichelhafte Worte für uns fanden.

Was vermisst du am meisten?, fragte ich Irene häufig.

Vieles, aber nicht alles. Sie ergänzte: Dinge verschwinden zwar, Bilder lösen sich auf, existieren jedoch weiter in meinem Kopf, haben jene Ausdauer, die über mich hinausgeht. Ich erinnere mich an Mitschüler, an böse Nachbarn, gehetzte Verkäufer, an Lehrer, die kein Verständnis für uns hatten, an Freunde, die vom Leben benachteiligt wurden. Was mir geblieben ist, ist die Abneigung gegenüber rothaarigen Frauen, Männern mit schwachen Muskeln, Müttern, die unentwegt hinter ihren Kindern herlaufen und gleich in Panik geraten, wenn sie einen Schnupfen oder eine Grippe bekommen. Manche tragen ihr Leben offen zur Schau. Andere verschließen sich, ihre Gestik und ihre Sprache besteht nur aus Geheimzeichen.

Und bei mir?

Offen und verschlossen zugleich.

Wie bei dir auch.

Irene hatte ein fotografisches Gedächtnis. Einmal an einem Ort oder in einer Wohnung, erinnerte sie sich danach an jedes Detail.

Ich habe dann jedes Mal eine Zeichnung im Kopf, sagte sie. Schattierungen einer Vase, die Farbe und das Muster von Sofakissen, die Motive der Bilder an der Wand, Flecken auf der Tischdecke, Gläser, auch die kleinste Unordnung, obwohl ich selber nicht immer ordentlich bin. Mich stört, wenn Farben nicht zusammenpassen, wenn zu große Brillen die Augen verdecken, wenn die Haare unordentlich sind, wenn die Kleidung schmutzig ist.

Vor allem Gesichter prägen sich mir ein, ob alt oder jung, verwahrlost oder trügerisch, hinterhältig oder schonungslos offen.

Irene war für mich eine besondere Frau.

Vielleicht sterben besondere Menschen früher, weil ihr Leben sich vollendet hat, sagte sie einmal zu mir, als im Dorf ein noch junger Mann an Herzschlag gestorben war. Ich weiß, das ist ein gewagter, vielleicht sogar frevelhafter Gedanke.

Im Laufe der Jahre veränderte sich ihre Sprache. Sie wurde reich an zum Teil unverständlichen Bildern. Das erschreckte und beeindruckte mich gleichermaßen.

Das ist heute ein trauriges Licht, konnte sie sagen oder: Das Licht ist heute so hell wie am ersten Schöpfungstag.

Dann lachte ich, sagte: Meine kleine Poetin.
Du musst das Schöne in Worte fassen können, dann erst ist es schön, antwortete sie.
Die letzten Monate ihres Lebens sprach sie nur mehr Deutsch.
Mir sind alle griechischen Wörter entfallen, gestand sie. Das, was längst fällig ist, blättert von mir ab wie eine überflüssige Haut. Ich werde wieder mehr ich selbst.
Bist du es denn hier nie gewesen?
Manchmal und immer dann, wenn es um mich herum ganz still und ich ganz allein mit mir selber war. In einer fremden Sprache bist du nie ganz du selbst. Immer schimmert die eigene Sprache durch alles hindurch. Sie ist stärker, vertrauter, hat schärfere Konturen.
Du hast doch die griechische Sprache von Anfang an geliebt.
Das bleibt auch so. An guten Tagen habe ich mich förmlich eingebettet in griechische Wörter.
Und wenn es dir schlecht ging?
Sie wehrte ab, ergänzte: Schmerz und Trauer muss ich in meiner Sprache ausdrücken, so lange bis ich sie nicht mehr spüre.
Und wenn du sie gar nicht durchleiden willst?
Dann kommt alles immer wieder. Was ich auf Griechisch ausdrücken möchte und auch kann, sind Freude und Übermut, das Banale, die Heiterkeit. Da schwingt alles mit, hat alles einen anderen, eigenen Rhythmus.
Ihre Erinnerungen an zu Hause wurden stärker. Sie holte Fotoalben aus der Schublade, suchte auf fast manische Weise nach der Vergangenheit.
Alte Geschichten sind im Laufe der Jahre in mir mächtiger geworden. Sie waren allerdings nie ganz verschwunden.
Dann erzähl sie mir.
Manches ist erbärmlich, einiges großartig, fast heroisch.

Es waren meist Episoden aus ihrer Jugend, das Übliche, das, was wir alle kennen und erlebt haben: Verwirrung, ein Übermaß an Gefühlen, Ziele, die gar nicht zu verwirklichen waren, Lügen, kleine Betrügereien, der Tanz um das eigene Selbst.

Dritter Sturmtag
Götterstimmen

Das Unwetter hält an. Im Fernsehen werden Bilder der Verwüstung gezeigt, wird davor gewarnt, keine unnötigen Risiken einzugehen, werden Voraussagen für die nächsten Tage gemacht.

Ich muss aufräumen, vergessen, neu beginnen, sagt Spiros. Seit drei Jahren will ich das schon. Ich zögere alles hinaus, bringe mich dadurch um das Wesentliche, letztlich um meine Zukunft.

Er denkt an Simone.

Noch am selben Abend nimmt Spiros die Schmuckschatulle von Irene aus der Kommodenschublade, betrachtet die einzelnen Schmuckstücke, findet keines, das ihm die Vergangenheit nahebringen könnte.

Seit Irenes Tod haben viele Dinge ihren Atem verloren, denkt er. Sie glänzen nicht mehr. Der Goldschmuck wirkt kalt und seelenlos, weil er nicht mehr von ihr getragen wird. Die Armbanduhr ist aus dem Takt geraten, und die Halsketten werden irgendwann für eine andere Frau bestimmt sein.

Er legt jedes einzelne Schmuckstück in die Schatulle zurück. Vielleicht für Katerina, vielleicht auch nicht.

In einem der Regale befinden sich verschiedene Fotoschachteln, beschriftet mit: unsere Kinder, wir beide, Verwandte und Freunde.

Sie wurden von Irene häufig aus dem Regal genommen. Die einzelnen Bilder hat sie geradezu mit Andacht angeschaut, die Vergangenheit mit leiser Wehmut in der Stimme kommentiert, mitunter auch ironisiert. Vorbei, sagte sie, endgültig.

Die meisten Fotos entstanden am Strand, dem Abenteuerplatz von Victor und Katerina, für ihre Begegnungen mit der Welt im Kleinen und Großen.

Bilder haben eine ganz eigene Aussage, denkt Spiros. Sie zu betrachten bedeutet, zurück in die Vergangenheit zu gehen, so zu tun, als wäre sie noch Gegenwart, erneut zu entdecken, worauf es uns letztlich ankommt: jung und gedankenverloren zu sein, verliebte, selbstvergessene Blicke und Berührungen auszutauschen, auch die eine oder andere Schamlosigkeit. Bilder sind immer nur Momente unseres Daseins, ein erstarrter Augenblick, das Leben wird dazu gedrängt, kurz innezuhalten. Sie sagen viel oder fast gar nichts aus. Das meiste ist Pose. Wer verrät anderen schon freiwillig, wie er wirklich ist?

Spiros sieht die Fotos nur oberflächlich an, legt sie fast gleichgültig wieder zurück.

Ich behalte das in Erinnerung, was sich in meinem Kopf und in meinem Herzen Raum geschaffen hat. Mehr brauche ich nicht.

Ob ich ein guter Vater gewesen bin? Keiner zum Vorzeigen. Ich war oft unsicher, manchmal unbeholfen. Katerina hat mich schnell durchschaut, letztlich alles bekommen, was sie wollte. Victor hielt Abstand, war schon sehr früh mit sich selbst beschäftigt. Er wollte erfassen, was nicht zu erfassen war. Unser Kopfkind.

Sein erstes Bilderbuch mit Zahlen hatte er am liebsten. Er zählte alles, was sich bewegte oder irgendwo herumhing oder herumstand: Steine, Bäume, Wellen, die sich an der Küste brachen, Sterne, Knöpfe an den Kleidern, Tassen, Blumentöpfe. Mit fünf Jahren konnte er lesen und schreiben. Er berechnete Rauminhalte, konnte das große Einmaleins schon mit sieben Jahren und war in der zweiten Klasse bester Schüler.

Victor ließ die Zeit nicht ticken, sondern explodieren. Er ging in das Erwachsenenleben hinein wie einer, der nie etwas anderes gewollt hat. Zahlen ernüchtern, lassen keine Fehler zu. Seine Jahre reihten sich mühelos aneinander.

Was willst du einmal werden?

Astronaut.

Um die Sterne zählen zu können?

Ein Mensch wie er wird es schwerer haben als andere, dachte ich oft und erschrak. Wer hoch hinaus will, kann tief fallen. Er wird vielleicht nie heiraten, sondern ganz der Wissenschaft dienen. Ich habe mich getäuscht. Er ist glücklicher Familienvater, steht mit beiden Beinen auf der Erde, seine Kinder haben ihn dazu gezwungen, die Bodenhaftung nicht zu verlieren. Auch er kann nicht nach den Sternen greifen.

Er verließ uns mit zweiundzwanzig, studierte in Deutschland und blieb dort, nachdem er eine Frau gefunden und sie geheiratet hatte.

Katerina war ein Kind mit neugierigen Augen. Sie hat keine Nacht durchgeschlafen, wollte häufig in der Nähe von Irene sein. Sie war ein Bewegungskind, ständig unterwegs. Kein Hügel war ihr zu hoch, kein Weg zu lang. Wir haben uns schnell abgewöhnt, Angst um sie zu haben. Sie fiel leicht und gefahrlos, rollte sich, bog sich, Akrobatik war ihr tägliches Pflichtprogramm. Sie lernte früh das Schwimmen, wünschte sich ein Fahrrad, als sie noch kaum die Pedale erreichen konnte.

Irene ging mit ihr durch die engen Gassen und schritt mit ihr die Treppen unseres Hauses auf und ab. Sie lachten, waren vergnügt und sorglos. Alles ordnete sich ihnen ein und unter. Beide kannten keine Grenze für ihre Fantasie.

Griechische Buchstaben waren für Katerina wie Sprossen, wurden zur Leiter, an der sie leichtfüßig hochkletterte. Sie hörte sich rasch in die Erwachsenenwelt hinein, weil ihr die Kindheit zu eng war. Unterrichtsfächer interessierten sie wenig. Bei Lehrern war sie kritisch bis vorlaut. Wir wurden mehr als einmal in die Schule zitiert.

In unserer Tochter ist etwas erwacht, sagte Irene zu mir, als Katerina in die Pubertät kam.

Und was?

Die Liebe, der Wahn, das Nichts.

Die Liebe, antwortete ich ihr, früher oder später überfällt sie jeden von uns.

Katerina stöckelte durch das Dorf, selbstbewusst, träge, verträumt, trübe Gedanken unter einem dichten Haarbüschel. Sie inszenierte sich selbst, jede Bewegung, ihr ganzes Sein. Mit zwölf Jahren begann sie für Jungen zu schwärmen, war kaum mehr zu bändigen. Der Bewegungsdrang blieb. Es rumorte ständig in ihr. Sie zettelte unnötig Streit an, kritisierte uns häufig, auch ihre Freunde, Mitschüler und Lehrer.

Irene suchte nach Worten für eine fremd gewordene Tochter.

Mit sechzehn Jahren fragte Katerina vorwurfsvoll: Was soll ich hier in diesem langweiligen, öden Dorf?

Zunächst die Schule abschließen.

Wofür?

Für später.

Später ist jetzt.

Zwei Jahre danach verließ sie Griechenland und ging ins Ausland. Sie schrieb nur einmal im Jahr. Meist waren es Skizzen, ein paar Striche auf einer Postkarte, Andeutungen von Personen und Landschaften. Fotos schickte sie nie.

Sie fügte einen Gruß an in einer Sprache, die wir nicht verstanden. Wir wollten ihn auch nicht verstehen. Es wäre sonst zu viel Fremde über uns gekommen.

Vermutlich wäre es besser gewesen, wenn … Spiros hält kurz inne. Wer fortwill, soll auch gehen dürfen, wohin auch immer.

Irene und ich stritten uns häufig über unsere Erziehungsmethoden, mussten letztlich einsehen, dass es zu diesem Thema keine einhellige Meinung gab.

Irene investierte für die Kinder mehr Zeit als ich. Sie ging auch fürsorglich mit den Gästen um. Ich musste ständig etwas reparieren oder die Anlage pflegen. Wege säubern, die Sträucher beschneiden. Jedes Jahr haben wir die Zimmer neu gestrichen, Außenlampen erneuert, Geräte für die Küche ergänzt oder neu gekauft. Irene stellte Blumentöpfe auf die Balkone, suchte neue Motive für die einzelnen Räume. Oder andere Vorhänge.

Auf unnützen Zierrat wollte sie ganz verzichten.

Als die Kinder aus dem Haus waren, fühlte sie sich einsam und im Stich gelassen.

Das, was du nicht mehr hast und nie mehr haben wirst, bekommt eine völlig andere Bedeutung. Oder es löst sich auf, sagte sie mit leiser Melancholie in ihrer Stimme.

Sie sind immer noch unsere Kinder, eigensinnig und selbstständig, antwortete ich ihr, um sie zu trösten.

Als vor fünf Jahren der große Sturm ausbrach, fragte sie: Und wenn unsere Bäume nicht standhalten? Und wenn das Meer allzu ausgelassen wird und bis in unser Haus vordringt?

Wir werden rechtzeitig Vorsichtsmaßnahmen treffen, antwortete ich überzeugt.

Irene, diese andere, mir bisweilen Unbekannte, die lachte, mit ihren Blicken das Meer liebkoste, hineinsprang, mit den Wellen hüpfte, immer eine Idee hatte, manchmal launisch war wie das Wetter, dann wieder friedfertig und besessen von dem Gedanken, noch vieles ändern zu wollen und auch zu können, hatte plötzlich Angst vor der Gewalt der Natur.

Es regnet und stürmt weiter. Ein Großteil der Blumenrabatten ist verwüstet, die Dachrinne hängt schief, die Wege sind voll mit Blättern und Zweigen.

Spiros geht ans Fenster, schaut hinaus. Er streicht über sein Kinn, streicht etwas glatt, was sich nicht beugen will, spricht mit Irene, erklärt, deutet hierhin und dorthin, setzt neue Akzente, fühlt sich allein inmitten seiner Gäste. Und wenn sie im Sommer halbnackt zum Strand laufen, verliert er sich in ausgiebigen Fantasien, die nicht ans Ziel führen können.

Da ihn nutzlose Gedanken um den Schlaf bringen, steht er um Mitternacht auf, geht ins Wohnzimmer, ist entschlossen, endlich auch den Kleiderschrank auszuräumen, wegzugeben, was Irene gehört hat.

Ich will nicht bis morgen warten, dann könnten die Dinge wieder zu leben beginnen und Irenes Schatten eine Stimme bekommen.

Kleider, Blusen, Röcke, Hosen, Schals, Pullover.

Die Kleidung riecht nach Sommer, Übermut, Trauer, Schönheit und Eleganz.

Er faltet jedes Kleidungsstück, ohne es genauer betrachtet zu haben, sorgfältig zusammen, legt sie in eine Schachtel, trennt sich von Erinnerungen, legt damit die Gegenwart frei, seine eigene, lebendige Gegenwart. Er sieht eine tanzende Irene vor sich, eine Kämpfende, zuletzt Besiegte, die von Jahr zu Jahr beherrschter und einsilbiger wurde, häufig in ein langes, gefährliches Schweigen verfiel.

Ich habe zu wenig Welt in mein Leben gelassen, sagte sie, als schon abzusehen war, dass sie sterben würde. Mein Denken verlangsamt sich, meine Stimme wird schwächer. Du bist Lichtjahre von mir entfernt. Meine Vergangenheit wirft weniger Schatten. Sie wird durchlässig und leicht.

Ich wusste nicht, was ich davon halten sollte. Ihre Aussagen waren manchmal kurz, äußerst prägnant, dann wieder ausufernd und ohne erkennbare Richtung, aber immer von Bedeutung.

Unsere Ehe? Sie blieb fragmentarisch, wurde nie ein Ganzes. Immer fehlte etwas. Vielleicht fehlte es uns sogar an Wahrhaftigkeit, an notwendigen Geständnissen.

Vermutlich hat Irene ihren Tod vorausgeahnt. Sie hatte sich verändert, war verschlossen, abgewandt. Irgendetwas hat sie daran gehindert, auf Dauer glücklich zu sein.

Und von einem Moment zum anderen kann es sein, sagte sie einmal, dass du herausgeschleudert wirst aus deinem gewohnten Leben in ein ganz anderes, ob es dir gefällt oder nicht. Darauf hast du keinen Einfluss.

Ich zog sie an mich, merkte, wie sie sich weigerte, starr wurde.

Und wenn wir einmal hier weggehen, werde ich den Tisch abräumen, und du wirst die Türen schließen.

Warum sollten wir weggehen?

Ich bekam immer häufiger Zweifel, ob Griechenland für sie das richtige Land gewesen ist.

Als müsste sie noch einmal einen Anlauf nehmen für ein anderes, besseres Leben, sagte sie an einem der Abende, die dazu bestimmt sind, sich der Leichtigkeit hinzugeben: Ich möchte mit unseren deutschen Freunden ein Fest feiern.

Ihre Augen glänzten fiebrig, die Worte kamen überstürzt, fast atemlos aus ihrem Mund.

Wir stellten noch am selben Abend eine Liste zusammen.

Mutter wird für uns alle kochen, sagte ich zu ihr.

Und wenn sie damit überlastet ist?

Keine Sorge. Sie wollte immer schon für andere da sein.

Wir werden tanzen und Lieder singen, auf unser und das Wohl derer trinken, die nicht dabei sein können, sagte Irene. Ich werde denen, die unsere Einladung annehmen, alles zeigen, was unsere Ehe tragfähig gemacht hat.

Sie verlor sich in nutzlosen Details, deutete auf das Meer, den Garten, die Bäume, den Himmel, deutete vieles hinein, was nie das unsere gewesen war. Ich ließ sie.

Die Liste war fertig, und Irene fieberte.

Und wenn keiner von denen kommen will, denen wir uns immer noch verbunden fühlen?

Sie strich Namen durch, ohne sie durch andere zu ersetzen. Zuletzt blieben nur noch drei übrig.

Für ein ausgelassenes Fest sind es entschieden zu wenig, sagte sie. Es kann nicht stattfinden.

Und wenn nur wir beide, wagte ich fast schüchtern einzuwenden.

Du meinst zu zweit? Auch eine Möglichkeit. Wozu brauchen wir die anderen?

Die Fieberschübe kamen häufiger, und unsere Gedanken bewegten sich in eine andere Richtung.

An einem Nachmittag, als es so aussah, als könnte uns niemand etwas anhaben, als wären wir gefeit gegen das Mächtige um uns und in uns, sagte sie: Ich möchte, dass meine Asche ins Meer gestreut wird.

Ich erschrak.

Du weißt, dass das in unserem Land nicht erlaubt ist.

Versuch es trotzdem!

Sie kam nicht mehr darauf zurück.

Victor schrieb regelmäßig, erzählte von großen und kleinen Ereignissen in seinem Leben, von seinem Beruf, von den ganz normalen Schwierigkeiten und Problemen.

Es geht fast ausschließlich um Macht und Ehrgeiz. Mich einem Chef unterzuordnen, der kein Konzept hat, fällt mir schwer. Sechzig Wochenstunden sind für mich Normalität. Meine Frau klagt darüber, dass ich zu wenig zu Hause bin. Unsere beiden Kinder sind unkompliziert. Die Jüngere beginnt zu laufen, wagt erste Schritte in die Selbstständigkeit. Meine Frau braucht Nachsicht. Manchmal ist sie engstirnig und verbohrt.

Von Katerina habe ich einen ausführlichen Brief bekommen, gespickt mit vielen kleinen Lügen, weil die Wahrheit vermutlich zu sperrig ist.

Das stimmt nicht, sagte Irene verärgert, legte den Brief zur Seite, setzte sich an den Tisch und begann damit, mit einem Eifer an Katerina zu schreiben, der mich anrührte.

Mutter und Tochter, bemerkte ich ironisch, und nichts dazwischen.

Vieles dazwischen, sagte sie, und nur durch einen halsbrecherischen Sprung zu überwinden.

Und wenn du auf diesen Sprung verzichtest?

Sie schrieb weiter, trieb ihre Worte voran, als könnte sie vergessen, was sie ihr mitteilen wollte.

Du hast keine Adresse.

Victor wird mir … Sie stockte kurz: Oder auch nicht. Vielleicht hat Katerina es ihm verboten. Sie braucht keine Eltern. Dieses Vater-Mutter-Getue ist ihr schon damals auf die Nerven gegangen. Sie findet ihr Paradies auch ohne uns.

Genau mit diesem Satz haben wir damals unser Gespräch über Katerina beendet.

Es stimmt. Jeder kann und sollte sein Paradies selber finden. Manche finden es nie. Bei mir deutet es sich zumindest an.

Ein warmes Gefühl überkam Spiros, das er schon lange nicht mehr gekannt hatte.

Ich werde den Brief lesen. Ich muss ihn lesen.

Er setzte sich ans Fenster, faltete ihn sorgfältig auseinander.

Liebe Katerina,
daran erinnere ich mich: an dein widerspenstiges Wesen, das Lieblingswort Nein, deine Wendigkeit und Neugier, deinen Drang, von hier fortzugehen. Der Kahn, unter dem du dich versteckt hattest, liegt immer noch nahe der Küste. Wenn ich vorbeigehe, höre ich deine Stimme und dein übermütiges Lachen, sehe ich deinen Schatten oder deinen dunklen Haarschopf. Du merkst, was Fantasie alles anrichten kann.

Seit ihr beide von Griechenland weggegangen seid, ist es einsam geworden. Da fehlt so viel, was gut getan, was aber auch anstrengend gewesen ist.

Ich leide in letzter Zeit an Fieberschüben, und kein Arzt konnte bis jetzt feststellen, was die Ursache dafür sein könnte.

Mich beschäftigt immer wieder ein kurioser Gedanke, ob es je einen Künstler gab, der sein Leben lang an nur einem Werk gearbeitet hat, das alle Facetten seiner Existenz enthalten sollte. Trotzdem wird der letzte Pinselstrich fehlen.

Nach wie vor liebe ich das Meer. Es hat keine bleibende Form. Wirfst du etwas hinein, schließt es sich sofort wieder, als müsste die Wunde, die du gerissen hast, rasch heilen. Mitunter grenzt es an den Horizont. Und in der Dämmerung sind beide nicht mehr voneinander zu unterscheiden.

Alles hinterlässt eine Spur: der Fisch im Wasser, ein Vogel, ein Blatt, das vom Baum fällt, eine Schildkröte, ein Wurm. Manche Spuren bleiben in der Luft hängen, weil sie sich nicht entschließen können, sich irgendwo niederzulassen.

Immer öfter verliere ich mich in meinen eigenen Gedanken wie in einem Netz. Dabei sollte es im Alter so sein, dass alles klarer und eindeutiger wird. Bei mir ist es anders. Für mich ist die Welt durchsichtig und undurchsichtig zugleich.

Spiros hat viel Geduld mit mir und mit dem, was ihn umgibt. Mitunter vermisse ich, dass er etwas von dem preisgibt, was in seinem Innersten vor sich geht.

Um dich habe ich keine Angst. Du weißt die Hürden zu nehmen, dich zurechtzufinden in der Welt, ohne dich aufzugeben. Melde dich, sobald du sicher bist, deine Eltern auch sehen zu wollen. Ich dränge dich nicht. Ich warte.

Deine Mutter

Spiros faltet den Brief zusammen, steckt ihn wieder in das Kuvert zurück.

Unsere Tochter war all die Jahre fast immer präsent, denkt er, sie hat sich überall dazwischengedrängt, Raum beansprucht, Wörter zurückgelassen, die sich nicht auflösen wollten, die nicht verblassten. Bis heute nicht.

Als es heftig und mehrmals läutet, denkt er: Ich möchte allein sein mit meinen Gedanken und sie gleichzeitig anderen mitteilen können. Ich werde öffnen.

Eleni steht vor der Tür.

Was machst du gerade?, fragt sie und zieht ihren Regenmantel aus, hängt ihn an den Garderobehaken, streicht über ihre grauen, dünn gewordenen Haare.

Mein Leben neu ordnen.

Wirf nicht zu viel weg. Es könnte dir später leidtun.

Alles aufzuheben belastet nur. Setz dich erst hin, bevor wir weiterreden!

Ich neige dazu, sagt Eleni, mich nicht einmal von den Dingen zu trennen, die wertlos geworden sind, nehme sie immer wieder in die Hand, betrachte sie, lasse die Vergangenheit in mein Inneres und merke, wie schwer sie gewesen ist. Vielleicht ist es sinnvoll, das wegzuwerfen, was du wirklich nicht mehr brauchst. Und sonst?

Neues und Altes, Gewohntes und Ungewohntes. Das Leben ist wie eine Komposition.

Drück dich nicht so vornehm aus. Dein Vater ist ein einfacher Olivenbauer und Fischer, der nie über die Grenzen des Dorfes hinausgekommen ist.

Was heißt hier vornehm? Irene hat mich beeinflusst, und die Jahre in Deutschland haben mich geprägt.

Und doch bist du wieder zurückgekommen.

Mit Irene, die immer noch anwesend ist, sich nach wie vor behauptet. Ich sollte sie gehen lassen.

Ein Segensspruch kann helfen. Lass sie frei! Ihr braucht einander nicht mehr.

Eleni steht auf, sieht Spiros lange an.

Du leidest, sagt sie. Ich muss nach Hause.

In der Nacht hat der Sturm wenigstens zeitweise nachgelassen. Die Natur kann wieder durchatmen, denkt Spiros. Er steht immer wieder auf, geht ans Fenster, betrachtet das Meer, den Himmel, nimmt all die Briefe in die Hand, die nie weggeschickt wurden. Es ist kurz vor Mitternacht.

Warum warte ich nicht bis zum Morgengrauen? Vielleicht findet sich in einem der Briefe etwas, was mir Aufschluss gibt über meine rätselhafte Irene. Die Beziehung zu ihrer Mutter konnte ich nie richtig einordnen.

Liebe Mutter,
was ich hier vermisse, sind Aufzüge, Trambahnen, breite Fahrradwege, Schaufenster und das Getümmel auf den Straßen. Ich träume davon, mit der Tram von einem Ende der Stadt bis zum anderen zu fahren, von Ost nach West, von Süd nach Nord. Es war mir immer ein Vergnügen, alles an mir vorbeifliegen zu lassen: Menschen, Fahrzeuge, Obststände, Häuser und Kirchtürme. Geräusche dringen kurz an dein Ohr, verflüchtigen sich, Menschen steigen ein und aus: Kinder, die laut schreien, alte Leute mit Krückstock und junge Leute mit dieser manchmal übertriebenen Arroganz.

Hier in diesem gottverlassenen Dorf gibt es weder einen Aufzug noch eine Trambahn. Es liegt die meiste Zeit im Tiefschlaf.

Ich werde älter. Wenn ich mich dagegen wehren könnte, würde ich es tun. Manchmal erfasst mich ein unerträglicher Schwindel vor dem Dasein.

Warum kommt immer wieder so viel Schmerz über den Menschen? Warum? Auch du wirst darauf keine Antwort finden. Ich möchte die Frage aber trotzdem stellen. Denk darüber nach!

Bis bald
deine Irene

Das Älterwerden war für Irene häufig ein Thema. Sie war eitel, ertrug es kaum, Falten zu bekommen. Graue Strähnen im Haar störten sie. Trotzdem wirkte sie lange Zeit fast jugendlich. Sie sah blendend aus, ohne sich zu schminken, war schlicht, aber stilvoll gekleidet, bekam häufig Komplimente von Männern, die ihre Attraktivität schätzten, sie immer wieder zu einem Getränk einluden oder ihr das eigene Anwesen zeigen wollten. Sie fühlte sich geschmeichelt, natürlich. Und ich war eifersüchtig.

Ich werde mir einen Tee zubereiten.

Auch die Teetasse ist von ihr – zu vieles, um alles sofort und radikal wegzuräumen. Simone könnte mir dabei behilflich sein. Ich weiß gar nicht, ob sie noch verheiratet ist. Einen Ehering trägt sie nicht. Sie benimmt sich auch nicht so, als wäre sie an jemanden gebunden.

Der Sturm kennt kein Tabu, denkt Spiros, als er beim Morgengrauen vor der Türe steht und am Horizont verzweifelt nach einem Fetzen Blau sucht.

Er dringt bis ins Innere unserer Häuser, raubt ihnen ihre Intimität, fegt hinweg, was wir hüten und pflegen.

Jetzt würde Irene Wörter suchen für die Farbe des Himmels, den Wind, die Bewegung der Wellen. Wenn sie unterwegs war, hatte sie immer ein Notizbüchlein dabei, notierte Wörter und Sätze, unterhielt sich regelmäßig mit der schwerhörigen Eleni, der sie ins Ohr schreien musste, um sich verständlich zu machen. Dann mit Kostas, der seine eigene Vergangenheit herbeizauberte, als gäbe es sie immer noch.

Öfter als sonst hielt sich Irene in den letzten Monaten an ihrem Weinglas fest. Oder war es etwas, von dem sie festgehalten wurde? Sie trank über das Maß hinaus, artikulierte ungenau, obwohl sie Sprachen liebte und Wörter bewahren konnte.

Nur ein einziges Mal schleuderte sie das noch halb volle Glas auf den Boden, stand auf und verschwand. Nach einer Stunde kam sie zurück, erschrocken über sich selbst, und sagte: Wenn meine Kraft abnimmt, wird deine wachsen, für unsere Kinder und unsere Enkelkinder, für die Olivenbäume und all das Schöne, das ich zurücklassen muss.

Sprich nicht so!

Manchmal ist nichts zwischen mir und dem Himmel, sagte sie einmal, als wir durch den Olivenhain gingen und das Gefühl hatten, unvergänglich zu sein.

Ein angenehmer Zustand?

Das ist ein Geschenk. Geschenke dieser Art sind selten. Sie werden nicht verdient, nicht herbeigezwungen. Sie kommen oder kommen nicht. Vielleicht Zufall, vielleicht Planung. Wer weiß das schon?

Und wer plant?

Einer dort oben oder einer von ganz unten, ein großer Geist oder ein Diabolus. Es gibt Pläne, die direkt in die Katastrophe und andere, die direkt ans Ziel führen. Ich bin bald am Ziel.

Woher weißt du das?

Wenn du den Tod spürst, der schon einen kalten Atem hat, dann weißt du es. Du wirst eine andere Frau kennenlernen und sie genauso lieben, wie du mich liebst und geliebt hast.

Ihre Unruhe nahm zu. Sie aß wenig, blätterte in Büchern, legte sie zur Seite, suchte in Schubladen nach Bildern, alten Briefen, sprach von Wintermelancholie, Nebel und Winden, ständiger Unruhe, von Stille und Vergessen, der Einsamkeit des Strandes, wollte ein letztes Mal in die Kapelle des Propheten Elias, um sich noch einmal die verschiedenen Ikonen anzuschauen und Lichter für ihre Freunde anzuzünden.

Es kam nicht mehr dazu.

Der Wind weht alles fort, sagte sie bekümmert. Er nimmt alle meine Gedanken mit, meine Gefühle, mein Selbst. Das Meer löscht mich aus.

Ihrem Tod gingen immer häufiger Fieberschübe voraus, für die es weiterhin keine Erklärung gab. Der Arzt war ratlos.

Trotzdem hatte sie zwischendurch Tage, in denen sie voller Zuversicht war.

Ich möchte leben, sagte sie dann, da sein für meine Kinder und Enkel. Einer muss doch die Türe offenhalten, wenn sie unerwartet eintreten. Ich möchte die Küste bewachen, den Rebzweig schneiden, hinweisen auf den Schatten des Olivenbaums, wenn die Hitze die Oberhand gewinnt. Gästen dabei helfen, sich heimisch zu fühlen, denen Mut zusprechen, die keine eigenen Worte mehr zur Verfügung haben.

Ich will leben, um alles Geschehene maßvoll zu deuten, vor allem das Rätselhafte meines Seins.

Sie fantasierte sich in ein Leben hinein, das es so nie gegeben hatte: leicht, vermessen und erfüllt mit allem, was nur in unseren Träumen erlaubt und möglich ist.

Nach einer kurzen Regenpause, die alle Gäste dazu benutzen, einzukaufen oder kurz am Strand entlangzugehen, verdüstert sich der Himmel erneut, überzieht sich mit einem bleiernen, undurchsichtigen Grau. Es beginnt zu regnen.

Spiros hält den letzten Brief in der Hand wie eine Kostbarkeit, als einen Beweis für die Nähe seiner Frau, für ein zwar vergangenes, aber immer noch präsentes Leben.

Adressiert ist er an eine Alexandra, die Irene nie erwähnt hatte. Warum sollte sie auch? Nicht jede Freundschaft überdauert. Auch in vielen Ehejahren wird nicht alles zur Sprache gebracht. Vielleicht weil es unwichtig oder aus dem Gedächtnis verschwunden ist.

Liebe Alexandra,
nach mehreren Diskobesuchen hatten wir uns damals als Gruppe fast zufällig zusammengefunden. Jung, naiv und besessen von dem Gedanken, die Welt aus den Angeln heben zu können. Wir debattierten stundenlang, ereiferten uns, wollten besser und klüger sein als unsere Eltern.

Unser Verhalten war kindisch und voller Trugschluss. Es passierte einfach. Jochen nahm mich mit nach Hause. Aus zunächst oberflächlichen Gesprächen wurde rasch mehr.

Sein Gesicht, seine Haut, meine Hingabe, bestimmt für die Ewigkeit. Es war eine besinnungslose, blinde Leidenschaft, ein Taumel, der mich erfasste, mir den Verstand raubte – eine glückselig-unglückselige Nacht. Und als wir beide den Höhepunkt erreicht hatten, ahnte ich, dass ein Kind gezeugt worden war. Das spürst du. Es atmet in dir, obwohl es noch keinen Atem hat. Es spricht zu dir ohne Sprache. Es ist da, und du weißt, dass es nicht leben darf, weil es nicht in dein Konzept passt, weil es nur stören würde.

Und wenn du schwanger wirst?, fragte Jochen besorgt, während er abwesend zum Fenster hinaussah.

Ich gab ihm keine Antwort, wusste, dass ich ihn nicht mehr sehen wollte, dass ich auch zu dieser Gruppe nicht mehr gehören wollte, die in ihrem Eifer mehr zerstörte als aufbaute.

Ich musste die Entscheidung allein treffen. Da gibt es keine Instanz, keinen Trost, keine wirkliche Lösung. Mutter hatte oft zu mir gesagt: Irene, wenn du Hilfe brauchst, ich bin für dich da.

Manche Sätze sind in bestimmten Situationen platt und einfältig. Sie wird nichts davon erfahren, auch der Vater dieses Wesens nicht.

Ich habe das Ungeborene gehasst und geliebt, gesegnet und verflucht. Es mit Verachtung gestraft und es dann wieder mit Zärtlichkeiten überhäuft.

Es liegt an Ihnen, sagte der Arzt, als ich im Gespräch vor ihm saß. Noch können Sie darüber nachdenken.

Ich habe zehn Wochen nichts anderes getan. Der Zweifel ist vorbei. Ich will, dass es entfernt wird.

Das „Es" sollte kein Gesicht bekommen, keinen Namen, keine Stimme. Es sollte ein Nichts bleiben, irgendwohin verschwinden. Ich habe ihm eigenmächtig die Zukunft abgeschnitten, habe den Eingriff mit Gleichgültigkeit geschehen lassen und war überrascht, wie kalt und gefühllos ich sein konnte. Schuldig oder nicht schuldig, es wird keinen Richterspruch geben.

Erleichtert verließ ich das Krankenhaus. Ich strich über meinen Bauch und war in meinem Inneren hohl und leer. Keiner wird mir etwas ansehen, mir auflauern, mir Schimpfworte hinterherrufen oder mich trösten.

Ich trank in einer Bar, wo mich niemand kannte, einen Cocktail, sah schöne und hässliche Gesichter, gelungenes oder vorgetäuschtes Leben, hörte Gelächter, spürte die Leichtigkeit derer, die mühelos alles meistern, was auch geschieht. Ich sah aber auch jene, deren Gesicht von Sorgen zerfurcht war, die sich nicht täuschen lassen und auch niemanden täuschen können.

Ich habe nach Wörtern gesucht, immer und immer wieder, habe mich zuletzt für das Wort Vorfall entschieden, das klang harmlos, konnte viel und wenig bedeuten. Für Spiros muss ich zeitweilig eine Zumutung gewesen sein. Muss ein Partner alles von mir wissen? Oder gehört ein Teil meines Lebens nur mir selbst? Ich bin unschlüssig. Mehrmals war ich versucht, ihm davon zu erzählen. Was mich abgehalten hat? Fragen, die er gestellt hätte, Vorwürfe, Mitleid.

Ich habe nach dem Eingriff mein Leben neu geordnet in ein Davor und Danach. Das Dazwischen lässt sich nirgendwo einordnen. Obwohl Vater immer wieder Uhren reparierte, konnte er für mich die Zeit nicht mehr zurückdrehen. Was geschehen war, blieb geschehen.

Ich arbeitete weiter an der Rezeption des kleinen Hotels. Das Wesen ohne Namen war überall mit dabei. Erst viel später habe ich dem Nichts einen Namen und eine Stimme gegeben. Habe ich es leben lassen, vor allem in der Nacht, wenn die Wahrheit schonungslos an die Oberfläche drängt.

Als ich dann Spiros kennenlernte, wollte ich gleich wieder schwanger werden, um mir zu beweisen, dass ich das Kind behalten, alles damit gutmachen könnte. Ich habe Spiros öfter gefragt: Wann ist ein Mensch ein Mensch? Wenn er gezeugt oder erst wenn er geboren wird? Wenn er sprechen lernt oder wenn er zu denken anfängt? Er konnte oder wollte mir keine Antwort geben.

In den ersten Monaten bin ich vor jedem Kinderwagen stehen geblieben, habe die Mütter gefragt, wie alt ihr Kind sei, und wenn die Gegenfrage kam: Und Ihr Kind?, winkte ich ab, lachte dämlich und verschwand hinter der nächsten Ecke, um nachzurechnen.

Seit Katerina und Victor erwachsen sind, weiß ich, dass ein Kind von allein groß wird. Du musst ihm nur das geben, was es in jeder Lebensphase braucht: Zuneigung, Kraft, Ordnung. Es wächst ganz selbstverständlich in das eigene Leben hinein, atmet, denkt, spürt Untreue, Verrat, Hass, den Regen und die Glut der Sonne, das, was aus dem Takt geraten oder im Gleichgewicht geblieben ist.

Mein Vater sagte immer: So oft du auch fällst, du kannst immer wieder aufstehen.

Ich umarme Bäume, lasse mich von einer Welle berühren, die meine Fußspitzen erfasst hat, sammle nutzloses Strandgut, streichle Katzen, will mich an einen Satz erinnern, den ich wie eine Kostbarkeit mit mir herumtrage. „Manchmal, sogar nachts, fordert mich die Nachtigall auf, wieder Ja zu sagen."

Schönheit ist in meinen drei Kindern, in den Worten von Spiros, in jedem Olivenbaum, in jeder Muschel, in jedem Sonnenaufgang.

Vermutlich bist du die Einzige, die mich versteht. Du hast ja Ähnliches hinter dir. Dein Kind war behindert, das ist immerhin ein überzeugender Grund.

Meine Oma hat einmal zu mir gesagt: Achte das Leben, wo immer es dir begegnet. Sie sah mich dabei eindringlich an, als hätte sie geahnt, wozu ich imstande sein würde.

Der Schatten, den mein Ungeborenes wirft, begleitet mich überall hin.

In Liebe
Deine Irene

Spiros hält den Brief unschlüssig in der Hand, denkt weit zurück.

Das also ist es gewesen: dieses Andere, das ihr Eigene. Das immer Fremde trotz aller Vertrautheit. Gemütsschwankungen, Ungeduld. Euphorie. Meine Mutter hat instinktiv gespürt, dass bei Irene etwas aus dem Takt geraten war. Sie schenkte ihr mehr Aufmerksamkeit als mir, lobte und ermunterte dazu, die dunkle Seite nach außen zu kehren und sie dadurch heller werden zu lassen. Vielleicht gehört Mut dazu, auch Vertrauen in die Kraft des Guten, damit ein Schuldgefühl nicht übermächtig wird. Für Irene gab es keinen passenden Ausdruck für ihre Trauer, keiner war tragfähig genug. Ich habe sie oft gefragt, was sie an Schwerem mit sich herumtrage. Sie hat mir nie eine befriedigende Antwort gegeben. Jetzt weiß ich sie.

Manchmal saß sie verträumt auf dem Sofa, strich über ihren Bauch mit ernstem Gesicht und fahrigen Bewegungen, war nicht ansprechbar. Sie träumte sich vorwärts, in eine Zukunft hinein, die besser sein sollte als die Vergangenheit.

Und wenn sie mir vorher alles gestanden hätte? Du, ich bin schwanger gewesen. Ein Ungeborenes, das nicht leben sollte. Ein Unfall, ein Versehen, das Ergebnis einer einzigen Liebesnacht.

Und wenn sie einen Abgang gehabt hat? Sich die Realität verschoben hat? Und wenn ihr der Arzt den Rat gab, das Kind aus irgendeinem schwerwiegenden Grund nicht auf die Welt zu bringen? Und wenn sie Angst hatte, das Kind allein aufziehen zu müssen?

Warum hat sie den Brief nicht abgeschickt?

Sie hätte sich auch Katerina anvertrauen können, die für ihre Situation Verständnis gezeigt hätte. Sie hat ohne Scheu in das Dunkle hineingeschaut, hat instinktiv gespürt, dass ihre Mutter sich in etwas verrannt hatte, ohne einen Ausweg finden zu wollen.

Wohin mit der Vergangenheit?

Spiros ist unschlüssig, legt den Brief zuerst auf den Tisch. Dann in die Schublade.

Ich habe Irene geliebt. Ich werde sie immer lieben.

Er schaltet das Fernsehgerät ein.

Weitere Bilder von der Verwüstung werden gezeigt: ein Bistrostuhl, der auf die Straße getrieben wurde, verursachte einen Verkehrsunfall, eine Ampel war umgefallen, Türen aus den Angeln gehoben, Dächer abgedeckt. Manche Häuser standen unter Wasser, ganze Parkanlagen waren verwüstet. Wohnwagen umgekippt. Drei Touristen waren auf einer der Inseln ums Leben gekommen.

Wir haben bis jetzt Glück gehabt.

Es gibt so viel Mächtiges auf der Welt, sagte Irene, wenn sie glaubte, alles würde über ihr zusammenstürzen, wenn Ohnmacht über sie kam und sie feststellen musste, dass sie auf Dauer nichts oder nur wenig in der Welt verändern konnte.

Jede Stunde ist anders, sagte sie, der Wellengang, der Horizont, die Farbe der Boote oder Frachtschiffe. Es gibt helle oder dunkle Töne, Schattierungen, Lichtreflexe, Bewegungen. Es gibt den Sturm, den Hagel, das Gewitter, das Wetterleuchten, den Singsang der Priester, verräucherte Tavernen, aber keinen Stillstand. Jedes Wesen hat seinen eigenen Rhythmus. Meine Luft reicht kaum noch für den Tag und die Nacht. Mein Lebenskreis wird kleiner, fast durchsichtig.

Als sie schon schwer krank war, wartete sie mit dem Einschlafen so lange, bis die ersten Sterne zu sehen waren. Wir haben als Kinder geglaubt, dass jedem von uns ein Stern zugeordnet ist. Das ist naiv, aber tröstlich.

Ihr Denken und Sprechen veränderte sich, auch ihre Geschichten. Das, worüber sie sprach, verlor sich immer mehr in der Vergangenheit, alles floss ineinander über.

Am Ende monologisierte sie nur mehr, reihte endlos Sätze und Worte aneinander. Meist ohne jeden Zusammenhang.

Die Berge rücken immer näher an das Meer heran, der Raum wird enger. Wo ist Katerina?

Ich brachte Irene die wenigen Karten, die sie uns geschrieben hatte, legte sie ihr auf das Bett.

Es geht ihr gut.

Meinst du?

Sie versteckt sich vor uns wie damals unter dem Boot, hat mittlerweile andere Orte gefunden, zuverlässig und geheim.

Du kannst deinem eigenen Schicksal, sagte Irene an einem ihrer letzten Tage, nichts hinzufügen oder weglassen. Es gehört nur dir, ist wie deine eigene Haut, dein eigener Pulsschlag, das nur dir Zugedachte. Schon bei der Geburt ist alles festgelegt, ein Grundriss für dein gesamtes Leben. Du bist der einzige Eigentümer deiner Gedanken und Gefühle, nichts ist übertragbar, nichts austauschbar. Das Schicksal ist ein Siegel, das dir aufgeprägt ist, solange du existierst.

Die Schatten von früher haben sich aufgelöst, sagte sie kurz vor ihrem Tod.

Als sie starb, war das Licht so hell, dass es schmerzte.

Ich ordnete, was es zu ordnen gab, verständigte Victor. Wo sich Katerina aufhielt, wusste ich nicht. Freunde standen mir in allem bei, versuchten zu trösten. Es gab keinen Trost.

Tage und Wochen der Trauer folgten. Meine Mutter nahm besonderen Anteil an dem, was sie Vorgesehenes nannte. Obwohl sie immer häufiger Probleme mit ihrem Herzen hatte, kam sie regelmäßig auf Besuch, fragte nach ihren Enkeln, nach dem, was mir über die Jahre hin wertvoll gewesen sei und letztlich Bestand hatte.

Ein Mensch kann noch so alt werden. Es ist immer zu wenig an Leben, denkt Spiros, und verliert sich in Erinnerungen, von denen er nicht weiß, ob sie erfunden sind oder der Wahrheit entsprechen. Die Erinnerung bekommt, je länger sie zurückliegt, eine andere Farbe, ein anderes Gewicht, einen anderen Ton.

Ich fange neu an, mit einer anderen.

Spiros zögert nur kurz, geht ins Freie, schließt die Haustüre ab, schaut hinauf zur Anlage, sucht ein bestimmtes Fenster, ein vertrautes Gesicht und wünscht sich, dass Simone dort stehen wird, um auf ihn zu warten: Ich bin nervös, denkt er, verliebt und kopflos.

Es wurde höchste Zeit, sagt Simone, als sie die Türe öffnet, ohne überrascht zu sein. Komm näher. Ich will dich anfassen können, will wissen, ob du auch wirklich existierst.

Ich habe dir noch gar nicht erzählt, sagt Spiros und stolpert dabei über seine eigenen Worte, dass wir auch Aprikosen- und Mandarinenbäume besitzen. Die südlichen Früchte haben eine besondere Süße. Du beißt hinein und weißt, warum du hier leben willst.

Übertreib nicht! Willst du mich auf diese Weise für dein Land gewinnen? Setz dich erst, bevor du mir etwas versprichst, wovon ich längst überzeugt bin!

Wir brauchen Räume ohne Erinnerung, sagt Spiros, dann können wir zwei …

Simone hält ihm den Mund zu. Nicht alles auf einmal. Besser alles der Reihe nach.

Er sieht Simone prüfend an: Hast du Kinder?

Zwei. Sie haben bis ins Detail die Scheidung miterlebt und mitgelitten.

Wie alt sind sie?

Längst erwachsen, verschwiegen, manchmal stur und eigensinnig, dann wieder liebevoll und einfühlsam. Ich weiß wenig aus ihrem Leben, fast gar nichts.

Und wer war schuld an der Trennung?

Wir beide natürlich, mein Mann und ich. Im Laufe von Jahren häufen sich Ungereimtheiten, Kränkungen, Undurchsichtigkeiten, auch Bosheiten. Du stolperst irgendwann darüber und merkst, dass etwas nicht mehr aufzuhalten sein wird. Das Böse hat einen eigenen Geschmack und

Geruch. Es überlagert alles. Der Hass wiegt meist schwerer als die Trauer. Und als es darum ging, den Besitz aufzuteilen, wurden wir plötzlich zu Kleinkrämerseelen. Wir führten hitzige Debatten um ein Nichts, dann um die Kinder.

Und wie ist er gewesen, dein Mann?

Ein Freiheitsfanatiker. Er wollte immer unterwegs sein, am besten gleichzeitig an mehreren Orten. Letztlich ist er nirgendwo zu Hause gewesen. Das wird sich kaum geändert haben.

Ohne Wurzeln also.

Ich selbst habe auch keine Wurzeln. Vielleicht gelingt es mir in Griechenland, auf Dauer sesshaft zu werden. Seit meiner Scheidung gibt es kein Davor mehr, sondern nur noch ein Jetzt.

Bei mir ist das anders. Es gibt auch ein Davor.

Mit Irene meinst du, und ein Danach mit mir.

Sie küsst ihn fast vorsichtig auf die Stirn.

Simone geht ans Fenster, ohne etwas wahrzunehmen:

Ich hatte die letzten Tage viel Zeit zum Nachdenken. Es gab nichts zu tun außer kochen, abspülen, aufräumen, abwarten, in einem Buch blättern und lesen, die Regentropfen zählen, die Wolkenschicht mit den Augen durchbohren, Flüche ausstoßen, dem Himmel ohnmächtig drohen. Ich sehne mich nach Stimmen, lautem Gelächter, nach Worten, meinetwegen zornigen, unbekannten, flegelhaften oder religiösen. Ich sehne mich danach, dass etwas geschieht, sich etwas bewegt, voranschreitet, sich verändert: nach Autogeräuschen, Kindergeschrei, Musik, dem Zuschlagen von Türen, dem Fallen eines schweren Gegenstandes. Drei Tage regnet und stürmt es schon, da hilft kein Widerstand, auch nicht ständig zum Himmel hinaufzuschauen, ob er nicht doch endlich aufreißt vor Zorn oder Ungeduld, ein Blau durchlässt, zaghaft und hell.

Simone dreht sich um, sieht Spiros lange an, greift nach seiner Hand: Ich bin eine Lebenshungrige, Übermütige, eine, die im Gleichgewicht bleiben will, die deinem Leben einen neuen Sinn geben kann, eine neue Mitte.

Dir und mir, antwortet er überzeugt.

Ich sammle Kräuter, sagt sie, zerreibe sie zwischen meinen Fingern und weiß genau, ob ich einen Tee zubereiten werde, eine Tinktur oder eine Salbe. Ich bin praktisch veranlagt, für Fantastereien nehme ich mir keine Zeit. Was habe ich mit Irene gemeinsam?

Wenig. Sie war tiefgründig, melancholisch, verletzlich. Das bist du nicht.

Du schaust mich an, wie du sie vermutlich oft angeschaut hat, mit jenem prüfenden Blick, der es schwer machen wird, unbekümmert an eine gemeinsame Zukunft zu denken. Du hast mir von Anfang an gefallen. Hast nicht viel geredet, allerdings immer wieder von Irene. Das hat mich gestört. Du hast eine Traumfrau aus ihr gemacht.

Sie ist keine Traumfrau, sagt Spiros, als er den Wein ausgetrunken hat und aufsteht, um zu gehen. Auch du wirst es nicht sein.

Ich werde vieles verlieren und genauso viel gewinnen, denkt er, als er in sein Haus zurückkommt. Irene hat mich durch ihre Sprache verzaubert, Simone begeistert mich mit ihrem praktischen Verstand. Sie geht direkt auf die Dinge zu, ohne sie lange zu umkreisen.

Spiros ist erstaunt, wie ruhig das Meer geworden ist und wie makellos blau der Himmel.

Als Simone am nächsten Tag zu ihm kommt, sagt sie: Der Sturm hat mich ohnmächtig gemacht, mir meine Worte und meine Energie geraubt. Ein Zustand, der mir nicht gefällt. Mit einem vernünftigen Menschen zu sprechen ist anregender, als nur stumm dazusitzen und zu warten. Ich möchte wieder ein Gespür für mich selber bekommen. Du sprichst übrigens ein gutes Deutsch.

Irene hat nichts durchgehen lassen. Sie war streng.

Nur bei dir?

Bei unseren Kindern nicht. Da hat sie oft nachgegeben, hatte sie diesen fast verlorenen Blick, als müsste sie etwas nachholen, was längst einer anderen Zeit angehörte.

Nachzuholen haben wir alle etwas.

Mit der Wahrheit hat sie es sehr genau genommen, obwohl sie mir Wesentliches verschwiegen hat. Ich habe mehrere Briefe gefunden, die sie, aus welchen Gründen auch immer, gar nicht abgeschickt hatte.

Du hast sie natürlich gelesen und weißt nicht, was du damit anfangen sollst. Du solltest ein neues Sofa kaufen, das alte ist abgesessen. Es sind zu viele Erinnerungen zwischen den Polstern.

Als sie wieder das Haus verlassen hat, muss Spiros sich an einen Satz erinnern, den Irene einmal geäußert hatte: Manchmal ist es nur die Farbe des Himmels, die glücklich macht.

Das Ende des Sturms
In der Sonne tanzen

Der Sturm hat endlich aufgegeben. Land und Meer sind gesättigt.

Die Sonne beginnt in ihrer bewährten Methode die Dinge zu streicheln: den alten Stuhl, die Bank, die Hauswand, den Rebzweig, die Oliven, den leeren Raum zwischen den Häusern, zuletzt die Gesichter derer, die darüber staunen, dass das Unwetter zu Ende ist. Sie sind erschöpft und voller Zuversicht.

Spiros geht durch den Garten, kehrt die Blätter zusammen, sammelt Zweige ein, schichtet sie aufeinander, bringt die Liegestühle in Ordnung, reinigt die Wege von Schlamm und Unrat, repariert die Dachrinne.

Fischer fahren mit ihren Booten hinaus. Touristen gehen barfuß durch den Schlick, lachen und scherzen, sind vorsichtig in allem und fühlen sich frei.

Ich habe es mir anders überlegt, ich bleibe länger, sagt Christian. Ich will auch das fotografieren, was sich in der Helligkeit des Tages spiegelt, reingewaschen wurde vom Regen.

Melanie geht mit ihren Eltern am Strand entlang, drückt geheimnisvolle Zeichen in den feuchten Sand.

Spiros will mit Simone ein neues Leben beginnen.

Wenn Irene nicht mehr über das Meer kommt, sagt er leise vor sich hin, weiß ich, dass sie damit einverstanden ist.

Der Verrückte von nebenan dreht sich der Sonne zu und beginnt zu tanzen.

Alekos

– ein Grieche und viele Geschichten.

Als ich ihn einmal fragte, warum er in der Taverne alles bezahle, zeigte er mir einen Geldschein und äußerte: Steht da mein Name darauf? Nein! Also gehört er mir nicht.

Alekos ist ein Mythos. Er spricht gerne in Bildern, lebt von Gelegenheitsarbeiten, steigt Hügel hinauf und hinunter, betet, trauert immer noch um seinen Bruder, der bei einer Segeltour ums Leben kam.

Er lebt seit Jahren allein in seinem Elternhaus, das längst renoviert werden müsste. An den Wänden der fast schäbigen Zimmer hängen Heiligenbilder und Kreuze, Fotos von seinem Bruder, den Eltern und Großeltern. In der Wohnzimmerecke brennt vor einer alten Ikone Tag und Nacht ein Öllämpchen. Im Hof stapeln sich Dinge, auf die er nicht verzichten will: kaputte Stühle, rostige Werkzeuge, Farbeimer, zerbrochenes Geschirr.

Anfangs haben einfache Worte und Gesten ausgereicht, damit wir uns verständlich machen konnten. Später wollte ich mehr, sonst hätte ich seine Briefe nicht lesen können, in denen er von der schwierigen Arbeit berichtete, bei sommerlichen Temperaturen Harz zu sammeln. Von der Einsamkeit und seinen Erinnerungen an bedürfnislose Eltern und eine harte Kindheit.

Aus Ästen und Holzstücken schnitzt er Schlangen und Vögel. Uralte Motive und Fantasiewesen.

Manches von dem, was er mir im Laufe der Jahre erzählt hat, bleibt ungereimt, vielleicht sogar unerlöst. Er ist kein Heros, das nicht, aber er gehört zu den Menschen, die sich selber treu bleiben.

Deshalb auch fühle ich mich mit ihm verbunden.